エスメラルダの初恋

ベティ・ニールズ 作

片山真紀 訳

ハーレクイン・イマージュ

東京・ロンドン・トロント・パリ・ニューヨーク・アテネ・アムステルダム
ハンブルク・ストックホルム・ミラノ・シドニー・マドリッド・ワルシャワ
ブダペスト・リオデジャネイロ・ルクセンブルク・フリブール・ムンバイ

ESMERALDA

by Betty Neels

Published by Harlequin K.K., Tokyo, 2012

ベティ・ニールズ

イギリス南西部デボン州で子供時代と青春時代を過ごした後、看護師と助産師の教育を受けた。戦争中に従軍看護師として働いていたとき、オランダ人男性と知り合って結婚。以後 14 年間、夫の故郷オランダに住み、病院で働いた。イギリスに戻って仕事を退いた後、よいロマンス小説がないと嘆く女性の声を地元の図書館で耳にし、執筆を決意した。1969 年『赤毛のアデレイド』を発表して作家活動に入る。穏やかで静かな、優しい作風が多くのファンを魅了した。2001 年 6 月、惜しまれつつ永眠。

主要登場人物

エスメラルダ・ジョーンズ……………………トレント病院の看護師次長。

ミセス・ジョーンズ……………………………エスメラルダの母親。

トムズ……………………………………………エスメラルダの元乳母。ジョーンズ家の家政婦。

レスリー・チャップマン………………………エスメラルダの恋人。トレント病院の研修医。

パット・シムズ…………………………………エスメラルダの同僚で親友。

リチャーズ………………………………………エスメラルダの上司。看護師長。

ピーターズ………………………………………トレント病院の小児形成外科医長。

ティーモ・バムストラ…………………………ピーターズの旧友。形成外科医。

ミセス・バムストラ……………………………ティーモの母親。

アダム・デ・ウルフ・ファン・オージンガ……ティーモの友人。男爵。

ラヴデイ…………………………………………アダムの妻。

ミセス・ツイスト………………………………ティーモの診療所スタッフの伯母。

1

トレント病院の小児形成外科病棟は、定期的に訪れる混乱状態の真っただ中にあった。

引退を間近に控えたリチャーズ看護師長は、その生涯を病気の子供たちの世話に費やしてきたためか、少し風変わりなところがあった。ひとたび彼女がベッドの移動を思いつくと、病棟内は隅から隅まで入れ替えが行われ、だれ一人として自分の今いる場所がわからなくなるほどの大移動となる。患者だけでなく、看護師も含めて。

子供たちは、病棟の反対端に移されて歓声をあげるか、動かされたことに腹を立ててわめき散らすかのどちらかで、看護師たち、とりわけこの事態を初めて経験する者たちは、今にもヒステリーを起こしそうになる。今回は、折あしく日誌をつけるために訪れていた実習生二人もこの騒動に巻きこまれ、自分たちの仕事はそっちのけでリチャーズ師長に命じられるままにキャスターつきのベッドを動かしていた。

そのうちの一人が、むくれている幼い少女のベッドを押しながら、腹立たしげに言った。「師長ときたら、頭がどうかしているんですか？　だれかなんとか言ってやってほしいものだ。こっちだって仕事が……」

話しかけられた若い看護師は実習生を案内すべく、病棟のいちばん奥を指さした。「別に頭がどうかしているわけではないわ」明るい声で言いつつも、どこか諭すような口調だ。「これにはちゃんとわけがあるのよ。子供たちのほとんどはもう何週間も入院しているから、退屈しきっている。場所を替えるのはこの子たちのためにいいの。次はどこへ行くか想像もつかないんですもの」

「あなただってわかっていないんでしょう？」

「まあ、少しの間はちょっととまどうけど、すぐに把握できるわ」

二人でベッドを部屋の隅にすえたところで、実習生が言った。「あの師長が好きなんですね」

「ええ、そうよ。看護師としてとても優秀だし」

実習生は看護師が少女の背中に枕をあてがってやっているのを眺めながら、なかなか感じのいい女性だと思った。決して美人というわけではない。背も低く、やせっぽちで、さえない色の髪を頭のてっぺんにまとめている。あの瞳がなかったら、ぱっとしない平凡な顔立ちだろう。黒っぽい長いまつげに縁取られた緑の瞳はとても印象的だった。それにしても気の毒なのはあの足だ。看護師は今、ベッドの周囲をまわっている。実習生は彼女が引きずっている足に目を落とし、すぐに視線をそらした。形成外科に移ってきたのは最近のことだが、すでにエスメラルダ・ジョーンズ看護師次長についてはいろいろと忠告されていた。彼女は哀れみの目で見られるのをなにより嫌っているのだと。さらに、なぜ片足が不自由になってしまったのかについては、どれほど巧みに尋ねようとも決して答えてはもらえず、ただ冷ややかににらまれるだけだということも聞いていた。実際、彼女に対して思ったままのことを言える人物といえば、ただ一人だけのようだ。形成外科の専門研修医、レスリー・チャップマン。実習生は、チャップマンがある日休憩室で得意げにそう話しているのを聞き、反感を抱いたものだった。

「ほかに動かす患者は？」実習生は明るく尋ねた。

エスメラルダはにっこりした。「もういないわ。お疲れさま。おかげで助かったわ。師長はこのあとお部屋でコーヒーを召しあがるでしょうから、きっとあなたにも一杯ごちそうしてくださるはずよ」

実習生は立ち去りかけて足をとめた。「あなたは？」

エスメラルダは忙しく働きながら答えた。「私もあとで行くわ。三十分後にピーターズ先生の回診があるのに、市場みたいに雑然としているんですもの、急いで片づけなくちゃ」

だが心の中では、コーヒーを飲む暇はおそらくないだろうと考えていた。三人の看護師の手を借りても、ここを静かにするにはまだまだ時間がかかる。子供たちの半数は動かされたことに腹を立て、大声で叫びつづけているのだ。エスメラルダはなだめたり、やさしく叱ったり、振り乱した髪をそっと撫《な》でつけたり、顔や手をふいてやったりしたあと、ようやく二、三分の隙を見つけ、コーヒーを一杯だけ飲もうと厨房《ちゅうぼう》へ向かった。しかし、ちょうどそこで病室のドアが開き、ピーターズ医師が入ってきた。こういう日に限って来るのが早い。

ピーターズ医師は小柄で、四十歳という実際の年齢よりだいぶ老けて見えた。頭髪が薄くなってきているのを補うかのように、分厚い口髭《くちひげ》と立派な顎髭をたくわえている。それでも人望は厚く、子供たちはよくなついていて、看護師たちも忙しさを押してでも彼の気まぐれにつき合っている。ピーターズ医師はドアから一歩入ったところに立ち、子供たちにおはようと呼びかけてから言った。「やあ、エスメラルダ、早くて驚いただろう？」

エスメラルダは医師に歩み寄りながら落ち着いた口調で言った。「おはようございます。今、師長を呼んできます。お部屋にいらっしゃると思いますので」

「知っているよ。今寄ってきたところだ。先に君にもひと言知らせておいたほうがいいと思ってね。今日は客を連れてきている。医学生のころからの古いつき合いなんだ。この病院にちょっと用があって来ているんだが、病棟を見たいと言っている」ピーターズ医師は周囲を見まわした。「おやおや、リチャーズ師長は、また大移動をやらかしたようだな。ベニーはどこだい？」

「あちらの奥です。師長が、ベニーは中庭を見たいのではないかとおっしゃいまして」

ピーターズ医師は広い病室内を歩きだした。「待っている間、ベニーに挨拶してこよう。君も一緒に来たまえ」

ベニーはピーターズ医師のお気に入りだった。もっと言うなら、ベニーはだれにとってもお気に入りだ。数週間前、先天性股関節脱臼の治療のために入院し、ピーターズ医師の手術のおかげで回復に向かっている。見た目も天使のように愛らしい少年だが、ふるまいも天使そのものだ。不機嫌になることも、退屈だと駄々をこねることもなく、ときおり下町っ子特有の気のきいたジョークを口にしては、まわりにいる者たちをなごませている。憂鬱な肌寒い日もぱっと明るくしてくれる存在だ。もっとも、夏も盛りに近づき、今日はよく晴れた暖かい日だ。ベッドの上に座ってジグソーパズルに夢中になっていた少年は、一緒にやってと二人を誘った。医師とエスメラルダはせっかくの誘いを無にするわけにもいかず、なんとか合うピースを二、三見つけ出して面目を保った。そのとき、病室のドアが開き、回診に加わるほかの医師たちが中へ入ってきた。

「ここへ案内してやってくれ。ちょうどいい患者がいる」ピーターズ医師に言われ、エスメラルダはつやのある寄せ木張りの床を歩いていった。

なぜか医師たちはドアの前で立ちどまったきり動こうとしない。結局、エスメラルダは病室の端から端まで歩くはめになった。よくあることとはいえ、医師たちの中の初対面の男性にじっと見つめられ、自分の足が悪いことをよけいに意識せざるをえなくなった。リチャーズ師長の隣に立つその男性は、まるで研究材料を見るような目をこちらに向けている。エスメラルダは顎をつんと上げ、彼を見返した。かなり見栄えのいい男性であることは認めざるをえない。長身で肩幅が広く、ハンサムな顔立ちをしている。髪の色はあまりにも明るすぎて、金髪なのか銀髪なのか見分けがつかないほどだ。

医師たちの前まで来ると、エスメラルダは男性の冷ややかなグレーの瞳から目をそらし、師長に声をかけてから集団のうしろにまわり、もう一度病室の奥へ歩いていった。ほかの医師なら回診はいちばん手前のベッドから順番に行うところだが、どこでも気が向いた場所から始めるのがピーターズ医師の流儀だ。エスメラルダは、あわてふためいている看護師からカルテのファイルの束を受け取った。よりによって医長の回診の直前にベッドの移動をするとは、タイミングが悪すぎる。エスメラルダはため息をつき、ベッドの端をデスク代わりにしてカルテやレントゲン写真の順序を入れ替えていった。

レスリー・チャップマンが終始目を合わせようとしていたが、エスメラルダはあまり彼のほうを見ないよう気をつけていた。今夜のデートをなんらかの理由で断らなければならなくなったら、申しわけない。実現すれば、二人にとって初めてのデートになる。ここ一、二週間、彼がやけに親切だと思っていたら、昨日になってデートを申しこんできたのだ。

エスメラルダはカルテのファイルをきちんと積み直しながら眉根を寄せた。ピーターズ医師のチームに加わった当初、レスリーは彼女には目もくれなかった。それどころか、冷ややかな哀れみのまなざしで足を見ていたことすらある。そうかと思えば、彼女を廊下で呼びとめ、どうでもいいような質問をしてきたりもした。今ではその内容すら思い出せないほど取るに足りない質問だった。そしてそれを境に、なぜか頻繁に話しかけてくるようになり、不思議に思って、どうして足の悪い自分にかまって時間をむだにするのかと尋ねると、彼は軽く笑い飛ばした。なにが原因で足に障害を負ったのか知りたがるそぶりは見せなかった。ほかの人たちにされれば気にさわる質問だけれど、このときばかりは、いっそきちんときいてくれればいいのにと思わずにいられなかった。ひょっとしたら彼の知り合いに奇跡を起こせる医師がいて、この足を正常に戻すことができるかもしれないと考えたりもしたものだ。

　これまでおおぜいの専門家たちがエスメラルダの足を診察し、思い思いの診断を下してきた。どれ一つとして役に立つことはなく、エスメラルダもここ数年は治療の道を求める努力をやめていた。つい先日、親切なピーターズ医師が、ひょっとしたら解決策があるかもしれないと言いだしたときも、きっぱりと断った。意外にもピーターズ医師のほうもそのひと言であっさり引きさがった。

　そして今、エスメラルダはピーターズ医師にカルテを渡しながら、レスリーと目を合わせ、ほほえんだ。だが、ピーターズ医師の客にじっと見られているのに気づき、瞬時に真顔に戻った。エスメラルダはしばらく彼と目を合わせてから視線をそらした。

　そもそも、なぜこの人はここにいるのだろう？ これまでのところほとんど目立った発言もせず、ピーターズ医師と相談しているようすもない。子供たちにやさしく接しつつ、にこやかで控えめな態度をとりつづけている。おそらくピーターズ医師に挨拶に寄ったついでに回診に加わっただけなのだろうと思ったが、そうとも言いきれない雰囲気もある。どことなく風格を漂わせ、医師にしてはとてもおしゃれだ。エスメラルダは次のファイルを用意しながら、彼の身なりにちらりと目を走らせた。寸分の隙もない。シャツはシルクで、大きな足を包む靴もいかにも高価そうだ。

　エスメラルダは足を引きずりながらベッドの周囲をまわり、患者がピーターズ医師の診察を受けられるよう手を貸した。もう客のほうは見ないようにしようと決めたものの、なぜか気になってしかたがなかった。けれど、彼のことを深く知ったところで無意味だ。二度と会うこともない相手なのだから。

　ところが、その客と再び会う機会はすぐにめぐってきた。数時間後、ピーターズ医師が病棟に戻ってきた。エスメラルダは腕が十二本あっても処理しきれないほどの仕事を師長から言いつけられたところだった。中でもいちばん厄介なのは、勤務予定表を作る師長のために、看護師たちの休暇願や休日の希望を調整して一つにまとめる作業だ。四苦八苦しながらなんとか仕事を進めているとき、師長室のドアが開き、ピーターズ医師が入ってきた。

「ああ、忙しくはなさそうだな」相手の状況がどうあれこう挨拶するのが、この医師の常だった。

　仕事が中断されることに慣れているエスメラルダは、即座に答えた。「ええ、ぜんぜん。患者を診にいらしたんですか？」

「いや、君に会いに来た」

「私に？」エスメラルダはきょとんとした。「なんのご用です？」

「バムストラをどう思う？」

「あの大きな……今朝いらした先生のご友人のことですか？　さあ……お話しする機会もありませんでしたし……」そこでピーターズ医師が気を悪くするのではないかと思い直し、言い添えた。「とてもいい方のようですね……子供たちにも好かれていたみたいですから」

「彼はだれからも好かれるんだ。君の足のことなんだが……前回診たときに私が言ったことを覚えているかい？　ハンマーの名手にまかせるのがいいと言ったろう？　関節をいったん砕いて、しかるべき形に接ぎ合わせることができる医師に。バムストラならそれができるんだ。これまでに六回そういう手術をして、すべて成功している。それで彼に、君のことを診てほしいと言ったんだよ」

「え？」怒るべきか、喜ぶべきか、あるいはただ驚くべきか、エスメラルダはわからなかった。

「聞こえなかったふりをして時間をむだにしないでくれ。私は忙しいんだ」

　ピーターズ医師のいらだったような口調を聞き、エスメラルダはひどく失礼なことをしてしまったような気になって、反射的にあやまった。

「それで、どうするんだね？　君がゆっくり考えているのを待っていられるほど彼は暇じゃないんだ。君と話をして、手術で治せるかどうか判断したいと言っている。今朝君を見た限りではかなり自信があるようすだったがね」

　エスメラルダは怒りに大きく息を吸いこんだ。

「だから先生が先に入っていらしていちばん奥に私を連れていき、もう一度入口まで戻らせたんですか？　足を引きずるようすを、あの先生に見せるために？」彼女は声をつまらせた。

「ああ、そうだ。ほかに君の歩き方を見てもらう手段はないだろう？」医師は穏やかな口調で言い添えた。「彼は別に君を見物していたわけじゃない。専門家として君の足を観察していただけだ」

「だからって！」声を張りあげたくても、息をすることさえままならなかった。「一つおうかがいしますけど、どうして私だけがバムストラ先生に注目していただけることになったんですか？」

「それは君がいい子だからだよ。君はずっと足のことで悩んできた。そろそろ決着をつけなければ堅物のハイミスになってしまう」エスメラルダが唖然《あぜん》としてにらみつけると、ピーターズ医師はあわてて言い添えた。「いや、売れ残ることはないな。その瞳があれば。うちの娘はブルーの瞳に恵まれたんだが、私自身は緑のほうが好みでね」エスメラルダが思わず笑い声をあげると、医師は言った。「それじゃ、バムストラを呼んでこよう」

大柄にもかかわらず、バムストラ医師は音もたてずにやってきた。エスメラルダが呆然《ぼうぜん》とドア口を見つめている間に、さっきまでピーターズ医師が立っていた場所に、いつの間にか彼が立っていた。「入ってもかまわないかな？」口調は控えめだけれど、どうせ見せかけだろう。

「入るなと言っても入るおつもりなんでしょう？師長に、仕事を山ほど託されているんです。まだ半分も終わっていないのに」

バムストラ医師の笑みはやさしかった。「ご機嫌ななめだね」声もやさしい。「僕のせいなんだろうな。だが、ああするよりほかなかったんだよ。まさかいきなり君の前に現れて、〝やあ、足を見せてもらいに来たよ〟と言うわけにもいかないだろう？」彼は少しまじめな表情になって言い添えた。「君の口から話してくれていないのに、こっちが話題にするのはいやなんじゃないかと思ったんだ」そして、机の縁に腰かけ、グレーの瞳でまっすぐにエスメラルダを見おろした。「治したいんだろう？」

いらだちは消え、代わりに疑い混じりの希望がこみあげてきた。「ええ、この世のなによりも、それが望みです」口調こそ落ち着いているが、緑の瞳は夢見るように輝いていた。「今まで何人ものお医者様に診てもらったあげく、最近になって、もうだれにも見せまいと思うようになったんです」

バムストラ医師は手入れの行き届いた大きな手をポケットに入れ、自分の靴に目を落としていた。

「なぜそういうことになったのか、そして今までどんな治療をしてきたのか、できるだけ手短に話してくれるかい?」

バムストラ医師はこちらを見ていなかったので、エスメラルダとしては話しやすかった。「三歳のときに、ポニーから落ちて足を踏まれたんです。ほかにまったく怪我《けが》はなく、中足骨だけがつぶされ、ひどく変形してしまって。当時診察してくれた外科医は、今の段階ではなにもできないけれど、成長すればくっついた骨も離れて、手術ができるようになるだろうと。でも、そうはならず、骨はずっと変形したままでした。母は幼い私を何人もの専門医に見せてまわりましたけど、治療できる医師は一人もいませんでした。みんな、事故が起きたときに対処すべきだったと言うばかりで……。看護師になってからも何軒か病院を訪ねてみました。けれど、手遅れだというのはどこも同じ。少し足を引きずっていてもほとんど気づかれないんだからいいじゃないかと……」

「僕は気づいた」バムストラ医師の感情を排した率直な言葉は、エスメラルダの心を傷つけることはなかった。

エプロンにおおわれた膝の上で組んだ両手に力を入れているあまり、関節が白く浮きあがっている。この医師が、今まで診察してくれたほかの医師たちと違うと考える理由はどこにもない。それでもエスメラルダは、診察の勧めに迷わずイエスと答えた。

「ただ、ちょっと問題があるんです。病院に休暇をもらわなくてはなりませんし……どれくらいかかるんですか?」

「二カ月くらいかな。もちろん、すぐにギプスをつけて歩けるようにはなるがね」バムストラ医師は靴から視線を離し、エスメラルダをまっすぐに見た。「入院の手はずについては、確認してみよう。僕の病院に来てもらうことになるからね」

「あの、場所はどこなんですか？」

「オランダだ。ユトレヒトかレイデン、どちらかベッドがあいているほうになる」医師は机から腰を上げた。「考えておいてくれ。僕は明日の晩までここにいる」

バムストラ医師は挨拶代わりに軽くうなずき、師長室を出て言った。残されたエスメラルダの頭の中ではさまざまな考えが渦巻いていた。

だが、時計にちらりと目をやると、ぼんやりしている余裕などないとわかった。リチャーズ師長が戻ってくるまでに、すべてをすませることは無理だとしても、できる限り片づけておかなくてはならない。エスメラルダは残りの休暇願を手早くまとめ、廊下に出て交換用のベッドリネンをチェックした。師長が戻ってきたときには仕事はほぼ完了していて、その一時間後には無事勤務を終えることができた。彼女の思考は、バムストラ医師の申し出より今夜の予定に向けられていた。

エスメラルダにとっては何年ぶりかのデートだった。もちろんほかの看護師と出かけることは頻繁にあり、実習生たちを交えてパーティを開くこともあるが、二人きりで出かけようと誘われたのは初めてで、少なからず驚いていた。自分がもし若い男性だったら、踊ることもできず、必要に駆られて走ったとしてもぶざまな格好になってしまう女性と出歩きたいと思うだろうか？　結ばれるべき運命の相手は必ず現れるし、その人にとっては足の障害などなんの問題にもならない――エスメラルダの母や、もともとエスメラルダの乳母で今も実家に住みこんで家事をしてくれているトムズは、繰り返しそう言ったものだ。しかし、現実を見れば、二十六歳の今になるまで、運命の相手どころか、女として見てくれる人すら現れなかった。

そこへレスリー・チャップマンに突然誘われ、最初はとまどったものの、彼が足のことなどまったく気にしていないように見えたので、エスメラルダもようやく誘いに応じることにしたのだった。これまで男性から哀れの目で見られるのがいやで、ついそっけなく接してきたが、本心ではだれかと心を通わせることを願っていた。

寮の部屋に戻って紅茶を一杯飲んでいかないかという友人たちの誘いを断り、衣装だんすの扉を開けた。ほかの看護師仲間とは違い、エスメラルダは衣装持ちだった。どれもおしゃれで、ほとんどが高価なものだ。ほかの看護師のように家に仕送りをする必要はなかった。母はニューフォレスト、バーリーの屋敷で悠々自適の生活を送っている。エスメラルダのもとには、給料のほかに、父が遺《のこ》してくれた多額の財産の一部が小遣いとして入ってくる。加えて、三十歳前でも結婚さえすれば、かなりの額の財産を相続することになるのだ。

常に欲しいものを買うだけの余裕があるというのは喜ばしいことだと感じていたが、エスメラルダは決してそれを鼻にかけることはなかった。人から好かれる性格ゆえに、友人たちも彼女をうらやましく思いこそすれ、ねたんで悪口を言ったりすることはない。エスメラルダのほうも、折に触れて友人たちのために進んで財布を開き、それを恩に着せることはなかった。少額の金を同僚に貸したのが戻ってこなくても気にせず、人知れずそっとお金を出してみんなにごちそうすることも多かった。

そして今、エスメラルダは、淡いピンクのエプロンドレスに白いモスリンのブラウスを合わせようか、それとも緑のプリントのボイルで仕立てられた半袖のワンピースにしようか迷っていた。行く先がどこになるかは、皆目見当がつかない。レスリーはただ、食事に行こうと言っただけだ。店の名前を尋ねておくべきだった。悩んだあげく、ワンピースに決めた。

これなら薄手のウールのジャケットをはおればどこでも通用する。もっとも、レスリーがホテル・クラリッジのメインダイニングや〈クアグリーノズ〉といった高級店に連れていくつもりだとは思えないけれど……。

　エスメラルダは急いでシャワーを浴び、服を着た。一方だけ底上げされた靴を見て顔をしかめつつも、それに合うバッグを選び、身支度を終えて、最後にもう一度鏡の前に立った。私にしては上出来だと、エスメラルダは思った。さえない茶色の髪も、丁寧にブラッシングしたおかげでつややかだ。頭のてっぺんでまとめてアップスタイルにし、おくれ毛のカールを襟足に垂らしている。丁寧にメイクをし、服も地味だけれど品がいい。彼女は意を決して視線を落とし、できる限り客観的に自分の足を眺めようとした。片足のうしろに骨のつぶれた足を隠して立てばだれにもわからないが、それでは結局ごまかしているにすぎない。足をそろえて立ち、不格好な足をじっと見つめた。

　バムストラ先生が提案してくれた手術を受けよう。たとえ異国の地で何カ月も過ごすことになろうと。レスリーは私に好意を抱いてくれている。両足がきちんとそろったら、もっと好きになってくれるかもしれない。エスメラルダは鏡から目をそらし、香水をひと吹きすると、看護師寮の玄関へ向かった。

　レスリーはロータス・エランに乗って待っていた。初期のモデルの派手なスポーツカーで、やたらと金属部分が目立つ。おまけに色は目にしみるようなイエローだ。エスメラルダの父は、いつも地味な紺色のローバーを運転していた。母は父の死後、型を変えただけで、やはりローバーに乗っている。エスメラルダ自身はミニを運転しているが、片足が不自由であるにもかかわらず、運転は得意なほうだ。色はやはり落ち着いた紺色。けれど、運転席でほほえんでいるレスリーを見て、自分の趣味に凝り固まるのはやめようと思った。そして、足を引きずるのも気にせず、急いで車に近づいた。

レスリーがドアを開けてくれた。視線は、足ではなく顔にそそがれている。ふだんなら、自分の平凡な顔などうっとり見つめる人はいないはずだと自己卑下するところだが、今夜のエスメラルダはいつもの常識を失っていた。これから、病院内でも最もハンサムな青年と出かけるのだ。そう思っただけで、シャンパンにつかったように頭がぼんやりし、きらめきに包まれた。

エスメラルダは助手席に乗りこみ、悪いほうの足をたくし入れるようにして中に入れた。レスリーはそれを見て顔をしかめたが、彼女が目を向けたときには笑顔に変わっていた。「すてきだね」彼はやさしく言った。「シャーロッテ通りのギリシア料理の店に行こうと思っているんだが、君は好きかい？」

エスメラルダは、はしゃいだ子供のように声をはずませた。「ええ、とっても」

レスリーはやたらと格好をつけたがるドライバーで、自分以外のすべてのドライバーに文句をつけた。エスメラルダは気づかぬふりをして、ずっと黙っていた。

店は小さいながらも感じがよく、テーブルにはキャンドルがともされて、ロマンチックな雰囲気が漂っていた。二人は串焼《ケバブ》きを注文することにした。ワインを選ぶ際、レスリーがやたらと細かいことを言うので、エスメラルダの楽しい気持ちの中にほんの少しいらだちが芽生えた。だが、注文がすみ、レスリーが彼女に注意を向けると、そのいらだちもきれいに消え去った。

食事をしながら、レスリーは将来の計画を語った。高級クリニックが並ぶハーレー通りに個人クリニックを開き、そこから遠くないところに瀟洒《しょうしゃ》な住まいを構えるのだという。「大変なのはわかっているけど、いい奥さんをもらうなら、それくらいの努力はしないとね」レスリーはそう言ってほほえみ、エスメラルダの呼吸が乱れるような熱いまなざしを向けた。

「お嫁さんを選ぶのなら、魅力的な人でなくちゃ」エスメラルダは言った。「あなたを楽しませて、家のことを切り盛りして、二人で楽しいことができるような人……たとえば、ダンスとか……」そこでワインを飲み、穏やかな表情でレスリーを見た。

　レスリーは顔では笑いながらも、居心地悪そうに居ずまいを正した。「ダンス以外にも大事なことはいくらだってあるさ」

　その大事なこととはなにかしら？　「本当に気にならないの？　もちろん私は慣れっこだけど、ふつうは……」エスメラルダはにっこりした。「今日いらした先生――バムストラという先生が、手術で足を治せるっておっしゃるの。もう何例か成功しているんですって。だから、考えてみてほしいって」

　レスリーは鋭い目でエスメラルダを見た。「だけど、しょせん外国人じゃないか」

「ええ……オランダ人よ。でも、最近ではだれでもふつうに行き来しているじゃない？　もし手術を受けることになったら……」

　レスリーはいぶかしげに目を細めた。「あの医者のことをなに一つ知らないんだろう？　君から金をしぼり取るつもりかもしれない」エスメラルダが驚きに目を見開くと、彼はたたみかけるように言った。「だとしたら莫大《ばくだい》な治療費を請求され、借金して払うはめになる。看護師の給料なんて、たかが知れているじゃないか。下手すると返すのに一生かかるよ」レスリーはそこでほほえんだ。「僕が払ってあげられればいいんだけどね」

　お金の余裕ならあるからその必要はないと言いそ

うになったが、思いとどまった。レスリーは私の遺産のことなんてなにも知らないはずよ。彼には条件に関係なく、私自身を好きになってほしい。もし財産のことを知っているのなら、彼が私という女を好きでいてくれるのか、お金目当てで近づこうとしているのか、判断がつかなくなってしまう。

しかし、レスリーのやさしい笑みを眺めていると、不安はすぐに消え去った。いずれにせよ、あのオランダ人医師に詳しく診察してもらおう。足を引きずっている私でも好きだと言ってくれるのなら、治ったときには、もっと好きになってくれるに違いない。エスメラルダはそう考えることにした。

2

翌朝、エスメラルダが朝の投薬巡回を行っていると、リチャーズ看護師長が足早に近づいてきた。

「まったくあきれたものだわ。看護師次長が医師といちゃいちゃする間、この私に代わりを務めろだなんて。しかもよりによって外国人医師と！」あたかも外国人が悪魔の手先と同義語であるかのような言い方だ。「とにかく、あまり待たせないほうがいいわよ。ああいうもの静かな人に限って、突然癇癪《かんしやく》を起こして、手がつけられなくなるものだから」

エスメラルダはおずおずと礼を言い、足を引きずりながら師長室へと急いだ。バムストラ医師が手がつけられないような癇癪を起こすとは思えないが、それが判断できるほどの男性経験はない。それに、足早になったのはわくわくしているからでもあった。昨夜はなかなか寝つけず、浅い眠りの中でレスリーの夢ばかり見ていた。夢の中ではいつもそうであるように、彼女は完璧な足の持ち主であるばかりでなく、美しさにも磨きがかかり、レスリーの熱いまなざしを一身に浴びていた。そのことを思い出し、あきれてかぶりを振ると先を急いだ。バムストラ医師は気長に待ってくれるほど暇ではない。手術の件について明確な返事を求めてくるだろう。その際には、さりげなく費用についても尋ねなければ。

　バムストラ医師は見あげるような長身を師長のデスクにもたせかけ、看護師の勤務表を眺めていた。エスメラルダが入っていくと、顔を上げて、おはようと親しげに言った。「それにしても、君の非番はずいぶん不規則だな」

　思いがけない言葉に、エスメラルダは頭の中が真っ白になった。「あ、はい」

　バムストラ医師は勤務表をデスクに戻し、どこか冷めたようすで彼女の顔に目を向けた。「僕にまかせてくれる気になったかい？」

「あ、はい」

「よかった」そっけない口調だ。「もうだれか身近な人とも相談したんだろう？　ご両親とか？」

「あ……」

「はい？」バムストラが先まわりして言った。

　エスメラルダは思わず声をあげて笑った。「それが、いいえ、なんです。父はもう亡くなりましたし、母は私の足のことをずっと気にかけてきたので、すっかり準備が整ってから話したほうがいいのではないかと思って。耳に入れれば、大喜びするに決まっていますから」それから急いで言い添えた。「もちろん私も喜んでいますけど」

「なるほど。恋人がいるんじゃないのかい？」

「ええ、少なくとも私のほうはそう思っているんですけど。彼は私の足のことはぜんぜん気にしていないようなんですが、それでも治ったらきっと喜んでくれるんじゃないかと……ただ、先生におまかせするのが納得いかないようで……」

バムストラ医師はきちんと手入れされた手の爪をじっと見つめていた。「外科医というのが気に入らないのかな？」

やさしい口調で尋ねられ、エスメラルダはつい正直なところを言った。「あ、彼も外科医なんです。先生も昨日お会いになっています。レスリー・チャップマンという……」

バムストラ医師は爪への興味は失ったようで、今度はきれいに磨きあげた靴に目を落とした。「なるほど、僕が外国人だからだな。腕に不安を感じているんだろう」

「彼が言うには、とてつもない治療費を請求されるんじゃないか……きっとお金目当てに違いないって……」

バムストラ医師は天を仰ぎ、よく響く低い声で笑った。「それで、君もそう思っているのかい？」

エスメラルダはいらだちを覚えた。「まさか！　治療費は高額になるでしょうけど、外科医として成功なさっているから、患者から余分にお金をしぼり取ろうとする必要はないはずです」そして、やむなく言い添えた。「いずれにせよ、支払うだけの余裕はあります。レスリーがそれを知らないだけで」

バムストラ医師はなにやらつぶやき、咳《せき》払いでごまかした。「費用はあくまでも形式的な額にするつもりだ。実際、まだ研究段階にある手術だからね。その点については、お互い了解のうえで進めていくことになるだろう」彼はデスクから離れ、窓辺に歩み寄って背を向けた。「ストッキングかタイツか知らないが、今はいているものを脱いでくれ。足を診察したい」それから、無残に変形した足にそっと触れ、丁寧に診察した。それがすむと、独り言のように言った。「真ん中の中足骨がつぶれて癒着している。外側の二本も押しあげられ、形が崩れている。それをいったん分解し、接ぎ直して、外側の二本も削り、なんとか形を整えなければ」

バムストラ医師はもう一度、これまで受けた治療について尋ね、エスメラルダがひととおり説明したところでうなずいた。

「僕から看護部長に話をして、休暇について相談してみよう。君のほうは、どういうスケジュールになっても対応できるかい？」

エスメラルダは夢中で答えた。「もちろんです」

バムストラ医師が立ちあがり、ドアに向かうのを見て、彼女はなぜか残念な気持ちになった。

「レントゲン撮影の手配をしておくよ」医師の口調は心ここにあらずという感じだった。なにか別のことを考えているようにも見える。「それではまた」

エスメラルダは薬を積んだワゴンを押しながら、今度はいつ会えるのかと考えた。バムストラ医師が見た目どおり、重要な地位にいる医師ならば、次に話をする機会は何カ月も先になるかもしれない。

リチャーズ師長に礼を言い、病棟をまわりながらも、胸の中にはまだ寂しい気持ちがくすぶっていた。その思いがけない感情に動揺したエスメラルダは、ふだんは丁寧な投薬もどこかうわの空になった。

薬のワゴンを片づけ、一日一度の包帯の交換作業に取りかかろうとしていたとき、再びリチャーズ師長が足を踏み鳴らしてやってきた。

「レントゲンですって」師長は腹立たしげに言った。「すぐに来てほしいそうよ」だが、次に口を開いたとき、その口調はがらりと変わっていた。幼い患者に話しかけるときだけに使う、母親のようなやさしい声音だ。「どうしたの？　足の具合が悪いの？」

「いいえ、あとでお茶のときにお話ししようと思っていたんですけど」エスメラルダは声をはずませ、事の経緯についていっきにまくしたてた。

「なるほど……まあ、あの外国人になにができるかは未知数だけれど、子供たちには好かれているようだから、悪い人ではないでしょう」師長はまたいつもの威勢のいい口調に戻った。「さあ、行ってきなさい。待たせたら悪いわよ」

エスメラルダが病棟に戻ったとき、レスリーはすでに午前の回診を終えて行ってしまったあとだった。今日のところは、もう顔を合わせる予定はない。彼は昨日、今度いつ会うのかについてはなにも言わなかったものの、これからもこんなふうに二人で出かけたいとにおわせていた。キスこそしなかったが、ずっと彼女の手を握っていた。男女のつき合いに関して時代遅れなほど古風なエスメラルダにしてみれば、大きな進展に思えた。今日はずっと、レスリーは私のことをどう思っているのかと考えながら、ぼんやりと過ごした。彼に対する自分の気持ちについても考えてみた。心の奥底には、なに一つ確かなものなどないのではないかという不安がつきまとっていた。レスリーが私に興味を示してくれても、きっとほんの気まぐれにすぎない。私だって、それを見誤るほどばかじゃないわ。

けれど、そんな考えをくつがえすような出来事が起きた。エスメラルダが勤務を終え、疲れのせいでいっそう重たげに足を引きずって中庭を歩いていると、レスリーが追いかけてきたのだ。

「レントゲンを撮ったんだね」エスメラルダが驚き、なぜ知っているのかと尋ねると、彼は答えた。「一時間ほど前に、僕もレントゲン室へ行ったんだ。そうしたら君のがあった。二、三時間で仕上げてもらうなんて、ずいぶん急いだようだな。どうしてなんだい？」

「わからないわ。バムストラ先生がそう頼んだのかしら」

「ご家族にも話すんだろう？」

二人は看護師寮の前まで来ていた。「ええ、今週末は休みだから、実家に帰る予定なの」

レスリーは魅力的な笑みを浮かべた。「車で送ると言ったら、ずうずうしいかな？　僕もこの週末は休みなんだ。手術についてもっと詳しく聞いて、君の決断が正しいんだってことを確かめたいしね」

エスメラルダはまじまじと彼を見ながら、思わず率直に尋ねた。「私の足が治ったらうれしい？」

「そんなこと、言わなくてもわかるだろう？　もちろんうれしいさ。君は今のままでも十分すてきだけど……」レスリーはまた笑顔になった。「医者にとっては、ダンスやテニスができる妻は、人づき合いの面でおおいに役立ってくれるからね」

「あ……」エスメラルダは驚いて口ごもってから答えた。「実家に送っていただけたらうれしいわ。泊まっていってくれるんでしょう？」

「それはありがたいが、ご迷惑じゃないのかな？」

「母は気にしないわ。部屋ならたくさんあるし。明日、家に電話しておくわね」

レスリーはエスメラルダの手を取り、軽く握ってから放した。ちょうどそのとき、看護師の一団が二人に近づいてきたので、彼は短く別れの挨拶をして立ち去っていった。

その晩、エスメラルダは友人たちと過ごしたが、ついぼんやりと夢見心地になってしまい、そのたびに友人に声をかけられて現実に引き戻された。「知らない人が見たら、恋でもしているのかと思うわよ」パット・シムズが言った。内科の看護師次長のパットは、いちばん親しい友人だ。エスメラルダは本当に恋をしているのだと言ってみんなを驚かせてやりたかったが、結局は黙っていた。

金曜日の晩、二人はエスメラルダの実家があるハンプシャー州南西部の森林地区ニューフォレストに車で向かった。昼間はよく晴れていたが、夕方のそよ風のおかげで暑さがいくらかやわらいでいる。エスメラルダは涼しいコットンのワンピース姿で助手席に座り、レスリーのいらだったような運転を気にもかけずに、幸せな気分にひたっていた。頭の中では、すでに帰宅したときのことを考えていた。母とばあやはレスリーを気に入ってくれるかしら？　彼は私の家をどう思うかしら？

　ひどい渋滞から抜け出すと、いくらかリラックスしたレスリーは、エスメラルダに愛嬌《あいきよう》たっぷりに話しかけ、時間はまたたく間に過ぎていった。内心、彼がスピードを出しすぎていると感じていたエスメラルダは、A三五号線を下りてバーリーへ向かう一般道へ入ったときにはほっとした。まだ明るさは残っているものの、空は陰りはじめ、ヒースの草原と森の間を抜ける起伏のある道は、行く手が夕闇に包まれている。

「ポニーがいるから気をつけて」彼女は言った。「思いがけないところから出てくるから」

「わかってる」レスリーは気短に応じてから、すまなそうに笑った。「ごめん。疲れているみたいだ。午前中は手術の予定がつまっていたから」

　エスメラルダは彼の気持ちがよくわかった。「ピーターズ先生は目にもとまらぬ速さで片づけていくものね」

　レスリーがうなった。「例のオランダ人もいたよ。メスを握っていた……腕のよさをひけらかすみたいにして……」

「あの先生のことが嫌いなのね」エスメラルダはそう言いながら、自分は好感を抱いているのだと気づき、驚いた。

「いや、嫌いとまでは言わないが、あそこまで自信たっぷりだとね。ただ砕けた骨を修復する技術を編み出したってだけなのに。あんなもの、だれにだってできるさ」

「だったら、なぜ今までだれも編み出さなかったのかしら」エスメラルダは険しい口調で言い返した。「だいいち、そういう言い方ってひどいと思うわ。本人がいないところで」

レスリーは乱暴に角を曲がり、突然道の真ん中に現れたポニーに驚いて急ブレーキをかけた。「ごめん、まただ。さっきも言ったとおり、疲れているんだ。君を送るなんて、かえって迷惑だったな」

エスメラルダはやさしい口調で言った。「むしろちょうどいいわ。うちで一日のんびりすれば、疲れも吹き飛ぶもの。母はお客様を迎えるのが大好きだし、ばあやはきっとうるさいくらいに世話を焼こうとするわ」

実際には、トムズはその正反対だった。エスメラルダは自分の部屋でベッドに入る準備をしながら、複雑な気持ちでその晩の出来事を振り返っていた。母はいつものようにエスメラルダの顔を見て大喜びし、レスリーのことも温かく迎えた。三人は居間で紅茶を飲んだ。低い天井のオーク材の梁《はり》と美しい家具が印象的な部屋だ。レスリーは周囲を見まわしながら、すべてに関して百点満点の感想を述べた。彼にほめられ、エスメラルダもうれしかった。彼女はこの家が大好きだった。決して大きくはないが完璧で、広々としたすばらしい庭に囲まれている。レスリーは家が見えたとたん感心したように口笛を鳴らし、中に入ってからも見とれていた。

レスリーを客用の寝室に案内したのはトムズだった。ふくよかで古風な感じのトムズはうれしそうにエスメラルダを抱き締めると、レスリーに向かって丁寧に挨拶した。そして、鋭い茶色の瞳で彼の頭のてっぺんから爪先まで観察したあと、部屋へ連れていった。

その一時間後、夕食の前に応接室で母が来るのを待っているとき、レスリーが笑いながら言った。

「君のばあやには、どうやら好かれていないみたいだ」

そこでエスメラルダは説明した。ばあやは初めて会った相手にはすぐに気を許さないのだと。それは事実だったが、胸中は穏やかではなかった。みんなにレスリーを好きになってもらいたかった。物心ついたときからずっと使っている四柱式のベッドに身を横たえながら、エスメラルダは眉をひそめた。母も内心どう思っているかはわからない。うわべはいつもと変わらぬ美しく魅力的な女主人だった。客のために細かな気配りをして楽しませ、母自身も楽しんでいるように見えた。それでも、どこかふだんとは違う感じもした。エスメラルダは枕の位置を変え、暗闇の中で眉間のしわをいっそう深くした。

レスリーが飾り戸棚の中の銀器に言及したのがよくなかったのかもしれない。これだけでもひと財産ですね、と彼は言った。エスメラルダの目に母の表情の変化は見えなかったものの、あまり快く思っていないことは想像できた。レスリーは続いて、この家には何人使用人がいるのか、維持するには大金がかかるのかと尋ね、ますます状況を悪化させた。母は質問にはなに一つ答えずに明るく受け流してから、話題を彼の仕事へと巧みにすり替えた。

レスリーは野心を隠そうともしなかった。若くして身を立てたいと思っている外科医ならば多少の野心は必要なのだと、エスメラルダは心の中で彼を弁護していた。ただ気にかかるのは、お金にまつわる話題が多いことだ。裕福な家庭で育ち、小さいころから自分の家の経済状態についてあまり吹聴《ふいちょう》してはいけないと教えられてきたエスメラルダは、彼がなぜそこまで固執するのか理解できなかった。父は、お金はあるに越したことはないが、人の幸せに必ずしも必要なものではないとよく言っていたものだ。一方レスリーは、幸福にはお金が必須だと考えているように見える。エスメラルダはそのことについて考えをめぐらせながら眠りについた。そして、目覚めたときもまだそのことが頭の大部分を支配していた。

　前日に続いて、よく晴れた朝だった。エスメラルダはガウンをはおってスリッパをはき、母の寝室へ行った。父の死以来、朝は母の部屋で一緒に紅茶を飲むのが習慣になっている。母のベッドの足のほうに腰をすえ、紅茶を飲みはじめたところで、エスメラルダはずっと考えていたことを口にした。

「レスリーのことは気に入った？」手を伸ばし、ビスケットをつまむ。

　母はいとおしげなまなざしでエスメラルダを見た。

「とても魅力的な若者ね。頭もよさそう。外科医として成功するでしょう。彼のほうはあなたにお熱なのかしら？」

「お熱？　お母様ったら、今どきだれもそんな言い方はしないわ。それが、よくわからないの。もしそうだとしたら、どう思う？」母に答える間を与えず、エスメラルダは一人でしゃべりつづけた。「彼は私の足のことも気にしていないみたいだし、もし足が治れば……」

「そうね。その話をしなければならないわ。ゆうべはちゃんと話す暇もなかったものね。治療を受けることに決めたのね？」

「そうすべきだと思う？　突然降ってわいたような話で、私としてはあまり事を急ぎたくないけれど、バムストラというお医者様が……」

「とてもすてきな方ね」母が思いがけず口をはさんだ。

「バムストラ先生のことを知っているの？　会った

こともないのにどうして……？」エスメラルダは驚きに目を見開いた。母のほうは平然としている。

「木曜日にお会いしたのよ。あなたの手術について説明がしたいと訪ねていらしたの。そんな顔をしないで。とてもこまやかな気配りだと思うわ。世の母親の中には、たとえ著名なお医者様が執刀してくださるとしても、娘が外国で手術を受けるとなると、心配する人もいるでしょうからね」母はほほえんだ。「カップをちょうだい」

　母が紅茶のお代わりをついでくれている間、エスメラルダはじりじりしていた。

「私はバムストラ先生にとてもいい印象を持ったわ」だいぶ間を置いてから母は言った。「ばあやも気に入ったみたい。お手製の黄花九輪桜《カウスリップ》のワインをお出ししたくらいですもの。先生は男らしく飲みほして、ワインのことをほめたの。歯が浮くようなお世辞ではなく、心のこもった言葉に聞こえたわ」母は角砂糖を口に入れて噛《か》んだ。「ばあやが言うには、あの方こそが運命の相手だそうよ」

「お母様！　先生は私よりずっと年上なのよ。きっともう結婚して、お子さんもおおぜいいるわ。だいいち、私にはレスリーがいるのに」

「さっきばあやがお茶を運んできてくれたとき、私もそう言っておいたわ。ところで、今日は二人でなにをする予定なの？　病院へは明日の晩までに帰ればいいんでしょう？」母は、残りのビスケットを皿ごとエスメラルダに渡した。「レスリーは手術についてなんと言っているの？」

「あまり賛成ではないみたい……最初のうちはそうだったわ。バムストラ先生のことがあまり好きじゃないのよ。でも昨日は、手術を受けるのもいいかもしれないって言っていた」

「医者の妻――世間に名の通った医者の妻なら、社交上の役割もいろいろあるものね」母はすべてお見通しだった。「あなたにとっても、彼にとっても、足が治ればそれに越したことはないわ」そこで母は言葉を切った。「ずいぶん軽薄な言い方だったかしら。でも、この問題を軽く考えたことはないのよ。私が代わってあげられたらと、どれほど願ったことか……。一日も後悔しない日はなかったわ。もしもあのとき……」

　エスメラルダはベッドの端をまわり、母のところへ行って抱き締めた。「お母様……お母様はずっと私を支えてきてくれたわ。お母様がいつも冷静でいてくれたからよかったけれど、そうでなかったら、私はひねくれたハイミスになっていたかもしれない。足が悪くても引け目を感じることはないと教えてくれたのはお母様よ。だからぜんぜん気にすることはなかった。ただ、今はレスリーがいるから、いちかばちか、このチャンスにかけてみたいの」

「いちかばちかなんて不確かなものじゃないわ。あの先生が手術をしてくださるなら、必ずよくなりますとも」

　エスメラルダは、午前中、レスリーと一緒に森へ馬の遠乗りに出かけようと漠然と考えていた。地元ではだれもが上手に馬を乗りこなすが、彼女も乗馬が得意だった。狐《きつね》がかわいそうなので、狩りには興味がないものの、雌馬のデイジーとともに散策に出かけるのは大好きだった。

　ところが、朝食の席でその話題を持ち出したところ、レスリーは意外にも、乗馬はしないと答えた。馬も好きではないのだという。そういえば昨晩、年老いた二匹のラブラドールレトリバー、モーディーとバートが近づこうとしたときにも、即座に追い払っていた。そのときは初対面だからだろうと思ったが、動物好きでないのは明らかだ。エスメラルダは代わりに散歩に行こうと提案してから、すぐに後悔した。レスリーが心配そうな口調でこう言ったからだ。「無理だよ、その足では」

ちょうどそのとき、トムズが通りかかり、小さく舌打ちをした。なにかを非難するときの癖だ。エスメラルダはトムズをにらんだ。レスリーは私のことを心配して言っているのがわからないの？　結局、レスリーが車でリングウッドへ行こうと提案し、エスメラルダも二つ返事で同意した。

二人は車を降り、週末の買い物客で込み合った店を見てまわった。エスメラルダにとっては、森の中をのんびり散歩するよりはるかに疲れることだった。

昼食後は、母が数キロ離れた友人の家のプールへ泳ぎに行ったらどうかと勧めた。「今度あなたが帰ってきたら連れてきてほしいと言われたのよ。今日は本当にいいお天気だし。私も車を出して、二台で行きましょう」

その友人は、ヴィクトリア朝様式の大きな屋敷に住んでいた。建物の外観はものものしいが、広々とした庭に囲まれている。プールは家の裏にあり、若者たちがすでに泳いだり、プールサイドのラウンジチェアに寝そべったりしていた。レスリーのために水着を借り、エスメラルダも家の中で着替えた。

そこにいる人のほとんどはエスメラルダの幼いころからの知り合いだった。プールサイドから優雅に飛びこむと、一往復してからレスリーに呼びかけた。

「とっても気持ちがいいわよ！　あなたも早く来て！」それからまたすぐ、海豹《あざらし》のようにすいすい泳ぎはじめた。陸の上では足を引きずっていても、水の中ならだれに見劣りすることもない。レスリーが感心したように見つめていることに気づき、エスメラルダはうれしさに頬をほてらせた。

だがその喜びは、水から揚がり、皆と一緒に芝生に腰を下ろしたときにかき消えた。エスメラルダの変形した足に目をとめる者などだれもいない中で、唯一レスリーだけがちらりと盗み見た。そしていったん目をそらしてから、もう一度、怖いもの見たさのようなまなざしを向けた。それでも、エスメラルダに対する態度に変化はなかった。相変わらず愛嬌たっぷりで、独占欲をちらりとのぞかせ、彼女の泳ぎのうまさをほめたたえた。エスメラルダの胸に、再びときめきが戻った。彼女は美しい瞳を輝かせ、頬を紅潮させた。紅茶をごちそうになったあと帰宅すると、こんなに楽しい日を過ごしたのは何年ぶりかしらと母に言った。

それから、自室の造りつけのクローゼットにしまわれているしゃれたワンピースに着替え、再び母の部屋に行った。そしてベッドの端に腰を下ろし、母が化粧をするようすを眺めた。

しばらくして、エスメラルダは口を開いた。「お母様、バムストラ先生はどんなお話をされたの？」

母は口紅を置き、エスメラルダのほうに向き直った。「手術の計画について、ひととおり話してくださったわ。あなたをオランダに連れていく手配をして、あちらの勤務先の病院で手術をするそうよ。あなたをお姫様のように優雅に歩けるようにしてくださるって。ええ、本当にそうおっしゃったの。ほんの二カ月もすれば、妖精のように踊れるって。私にもよかったらオランダに見舞いに来てはどうかとおっしゃるから、もちろん行くと答えておいたわ」

「そうなったらどんなにうれしいか……。でも、お母様、そんなに長い休暇をどうしたら取れるのかしら」

母はほほえんだ。「それはすべて手配ずみなんじゃない？」そしてまた鏡に向き直った。「お父様が生きていらしたら、気に入って懇意にされたでしょうね」少し間を置いてから、思い出したように言い添える。「オランダの北のほうの、フリースラントのご出身だそうよ。だからあんなに大柄なのね」

母は最後にもう一度髪を撫《な》でつけた。娘と同じ茶色の髪には白髪はまだほんの少ししかない。

「そろそろ階下《した》へ行きましょう。あなたの大事な人に、食前酒を差しあげなくてはね」

その晩は楽しく過ぎていった。レスリーは朗らかで愛想がよく、エスメラルダはすっかりリラックスしていた。これで母も、彼がどれほどすばらしい人かわかってくれたに違いない。彼女は幸せな気持ちでベッドに入った。今までいろいろあったけれど、なにもかもうまくいきそうだ。もう足を引きずらなくてもいい。レスリーとすてきな恋をして、幸せな結婚をしよう。うっとりと目を閉じた彼女は、支離滅裂ながらも幸せな夢を見た。

日曜日になっても、エスメラルダの幸福感を損なうような出来事はなに一つ起こらなかった。午前中、母と娘はレスリーを伴って教会へ行き、家に帰ると、エスメラルダはキッチンで昼食の支度をするトムズを手伝った。住みこみで家事をしてくれているトムズの姪《めい》のドーラは日曜日が休日で、昼間だけ手伝いに来ているミセス・パイクも週末は休みだ。

「お客様には簡単なもので我慢していただきますよ」エスメラルダがキッチンのドアから顔をのぞかせると、トムズが言った。「昨日作っておいたスープと堅焼きパイ。デザートはばあや特製のトライフルです」トムズは、エスメラルダが幼いころはすばらしい乳母だったが、今ではすばらしい料理人だ。彼女は大きなパイを調理台にどさりと置き、どことなく不機嫌に言った。「お嬢様は、よろしければポテトサラダを作ってください」少しして、スープをかき混ぜながら尋ねた。「病院ではあの青年とよくお会いになっているんですか?」

「ええ、そうよ。私が働いている病棟の研修医ですもの。ほとんど毎日顔を合わせるわ」

「お仕事のあともお会いになっているんでしょうね」トムズの口調はどことなく険しかった。

「ええ、ときどきは。ばあやは彼のことが気に入らないの？」エスメラルダは自分でも気づかないうちにすがるような口調になっていた。

「もしもあの青年が、お嬢様が結ばれるべきお相手で、一生お嬢様のことを大事にしてくださるのなら、ばあやもそれは大切にしてさしあげますよ」トムズは体を揺すりながら流しへ行き、力をこめて水道の蛇口をひねった。「奥様からおうかがいしましたけど、足を診てもらいによそへ行かれるそうですね。ばあやはずっと信じていましたよ。この世のどこかに、お嬢様の足を治してくださる方がいるって。お嬢様が踊るところが見られたら、どんなにうれしいか。その日が来るまで、長生きできればいいんですけど」

エスメラルダはじゃがいもを切る手をとめ、トムズに歩み寄った。「ばあやったら、なにを言うの？約束してくれたじゃないの。私の赤ちゃんが生まれたら、そのときも乳母をしてくれるって。それまでは、百歳までだって長生きするって」

トムズは鍋を威勢よく下ろした。「ばあやの願いがかなえば、その日は思いがけず早く来そうですね。なんとしてでもこの祈りを通じさせてみせますとも。ばあやはいつだって正しいんです」

トムズは、エスメラルダが幼いころから何度も繰り返してきたお得意のせりふで締めくくり、一つうなずいてからパイを手に取った。そして、ぼんやりしていないでさっさと手を動かしてくださいと、エスメラルダに命じた。

昼食後は庭を眺めてのんびり過ごし、お茶の時間にはエスメラルダが準備をした。日曜日の午後、トムズはバーリーに住む友人を訪ね、一緒に教会へ行ったりお茶を楽しんだりするのがならわしになっている。紅茶を飲みおえると、そろそろロンドンへ戻る時刻がやってきた。別れの挨拶をするとき、エスメラルダは気づいた。母がレスリーにまたいらっしゃいとは言わず、やさしい口調で、またお会いする機会もあるでしょうと曖昧な表現にとどめたことに。

レスリーがスーツケースを車に積みこんでいる間に、エスメラルダは母に言った。「私は今、本当に幸せなの。詳しい予定がわかったら、また説明に来るわね」

「そうしてちょうだい。ロンドンに買い物に行こうと思っているところなの。予定が合えば、一、二時間一緒に過ごせるかもしれないわね。でも、泊まらずに帰ってくるつもりよ。今の時期のロンドンは耐えられないもの」

母と娘は愛情をこめてほほえみ合った。エスメラルダが乗りこむと、レスリーは軽く手を振り、すぐに車を出した。エスメラルダはポーチに立つ母の姿が小さな点になるまで手を振りつづけた。

エスメラルダとレスリーはオールトンで夕食をとった。日曜日の晩の渋滞はひどく、ロンドンはまだ八十キロ以上も先だ。レスリーは少しいらだっているように見えた。エスメラルダとしては、スワン・ホテルかオールトンハウス・ホテルでのんびりと食事を楽しみたいところだったが、レスリーに黙って従った結果、名もない店で固いオムレツを食べるはめになった。デザートのプディングは遠慮した。それでも彼女は高揚感に包まれ、ささいなことなど気にならなかった。ようやく病院に着くと、レスリーは彼女を看護師寮の前で降ろし、ややおざなりなキスをした。あまりキスをされた経験のないエスメラルダは、そのキスが温かみに欠けていることなど知るよしもなかった。

3

翌日の月曜日、エスメラルダはまる一日レスリーと会えず、夕方、寮に戻ったころにはすっかり不機嫌になっていた。ひどい頭痛がするからもうやすむと言ってエスメラルダが席を立ったとき、八つ当たりに悩まされた友人たちはほっと胸を撫《な》でおろしたほどだった。

「例のやり手研修医が今日一日近づこうとしなかったのよ」パットが説明した。「あの男ときたら、エスメラルダのことをいいように操っているわ。もちろん目的は彼女の財産。ハーレー通りで開業するのなら、まずは先立つものがなくちゃね」

看護師たちの間からは口々に不満の声があがった。そのうちの一人が言った。「エスメラルダに忠告してあげたほうがいいんじゃないかしら」

パットが首を横に振った。「むだよ。エスメラルダは純情なの。いまだにおとぎ話を信じていて、勇敢な王子様が幸せにしてくれると思っているんだから」そこで言葉を切り、ティーポットから紅茶のお代わりをついだ。「だけどね、ちょっとおもしろいことを聞いたの。放射線技師のパディが言っていたんだけど、例の外国人の外科医——ピーターズ先生の友達とかいう人が、エスメラルダの足のレントゲンを撮らせたらしいのよ。だからね……」

看護師たちはいっせいに身を乗り出した。みんなエスメラルダのことが大好きなうえ、彼女より世間慣れしていて、若き研修医の野望を見抜いていた。彼が金銭目的で結婚するのは別にかまわないが、エスメラルダが巻きこまれるのは気に入らなかった。

「もしもその先生に足を治してもらったら、エスメラルダだって、家庭に落ち着く前にもっと楽しむべきじゃない？　そのうえで、レスリー以外の相手を見つけて結婚すべきよ。治療のことはいずれ私たちにも相談してくれるでしょうから、みんなで励まして、ぜひ受けさせましょう。彼女が外国に行っている間に、あのやり手研修医はどこかで別の金づるを見つけるかもしれないし」

　翌朝、職務についたときも、エスメラルダのいらだちはおさまらず、レスリーがいつものように病棟を訪ねてくれるのを待ちわびつつも、彼に徹底的に冷たく接しようと心に決めていた。さほど待つこともなく、その機会はやってきた。リチャーズ師長が婦人外科病棟のブラウン師長のところへコーヒーを飲みに行った直後、レスリーは病室のドアを開けて現れた。そしてベッドをまわり、体温を記録しているエスメラルダのところへまっすぐにやってきた。すまなそうな笑みを浮かべ、彼は言った。「おはよう。昨日は君に会えなくて残念だった。こっちへ来ようとするたびにつかまってしまってね」

　昨日の月曜日、エスメラルダは二度ほどレスリーを見かけた。いずれの場合も、彼がつかまっていたのは病院屈指の美人看護師だった。「そう。私も忙しかったわ。実を言うと、今も忙しいの。戻る前にこれをすませておくように、師長に言われているのよ」にっこりしながらも、彼に会えた喜びをあまりあらわにしないよう気をつけた。それが功を奏したと見え、レスリーは驚いたような顔をした。

「師長室で五分ばかり話ができないかと思って来たんだけど」彼は眉根を寄せた。「なんだか機嫌が悪いみたいだね」

　どれほど好きな相手だろうと、機嫌が悪いと言われて喜ぶ女はいない。エスメラルダは眉をひそめ、険しい口調で言い返そうとした。「私は……」その瞬間、病室のドアが開き、バムストラ医師がゆったりした足取りで入ってくるのが見えて、彼女は口をつぐんだ。彼は二人の会話をじゃますることを詫《わ》びるでもなく、おはようと挨拶した。

「看護師次長、五分ほどいいかな？」その口調には、心なしか皮肉の色が見て取れた。「師長室で話したいんだが。師長の許可はもらってある」バムストラ医師はレスリーに冷ややかにほほえみかけてから、もう一度エスメラルダのほうを向き、眉を上げた。「すぐ来てくれるね？　今日は忙しいんだ」

　エスメラルダは顔を真っ赤にし、バムストラ医師のあとについて師長室へ向かった。

「おじゃまだったかな？」

　バムストラ医師にきかれ、彼女はむっとして答えた。「ごらんになればおわかりでしょう」

「確かに。かわいい患者たちも見てわかっただろうね。喧嘩《けんか》していたのかい？」

　二人は師長室の前まで来ていた。

　バムストラ医師はドアを開けると、わきにどいてエスメラルダを先に通した。それから静かにドアを閉め、じっと彼女を見た。

「気にすることはない。次に会ったときには、なにが喧嘩の原因だったかも忘れてしまっているさ」医師はにっこりした。「恋愛についてもっとアドバイスしてあげたいところだが、あいにく時間がなくてね。いや、口をはさまないでくれ。黙ってひととおり聞いてほしいんだ。すぐに行かなければならない。ここの看護部長と話をした。彼女が言うには、いったん退職するのがいちばんいいんじゃないかということだった。君は、消化していない有給休暇が三週間もあるそうだね。つまり、それを利用すれば来週末にはここを離れることができるというわけだ。仕事ができる状態になったら、また戻ればいい。おそらくは十週間後くらいになるだろうが、今の段階ではまだはっきりした時期はわからないからね。レイデンの病院に君のベッドを用意しておく。そうだな……今日は火曜だから、来週の日曜日にスキポール空港にだれかを迎えに行かせよう」医師はすでにドアノブに手をかけている。「チケットは片道にしなさい。帰りは船で帰りたくなるかもしれない」

バムストラ医師がドアを開けたところで、エスメラルダはようやく言葉を発した。「母にお会いになったんですね」

「ああ、僕や手術の内容について、多少なりとも知っておいてもらったほうがいいと思ってね。君には話す機会がなかった」医師はやさしく応じた。

かっとなったエスメラルダは言葉につまった。

「もう子供じゃないんですから、母に説明するくらい、自分でできます」

「もちろんできるだろうが、母親というのは、子供のこととなると不安に駆られるものだ。僕が偽医者で、君をだまして大金をふんだくろうとしている可能性だってあるじゃないか。お母さんは、私が変形した骨の整形に情熱をそそぐごくふつうの外科医だと知って安心されたようだ」

いらだちがすっとおさまり、エスメラルダは子供のようにこっくりとうなずくと、ほほえんだ。「ええ。ばあやは先生のことが気に入ったようでした」

「それはこちらも同じだよ」バムストラ医師は挨拶代わりにうなずき、出ていった。エスメラルダの胸には、口に出せなかった疑問がいくつも残った。

しかしその疑問のほとんどは、三十分後、バーデン看護部長の部屋に呼ばれたときに解決した。エスメラルダが感じていた迷いは、看護部長に落ち着いた声で説明され、きれいに氷解した。「来週の金曜日と土曜日は休みを取るといいわ。リチャーズ師長には私から話しておくから。そうすれば、荷造りをして、実家に帰ることもできるでしょう。バムストラ先生からうかがったところでは、飛行機は夕方の便がいいだろうということよ。この電話番号を渡してくれと頼まれたわ。スキポール空港に到着する時間を知らせてほしいそうよ」看護部長はほほえんだ。「退職するように言われて、驚いているでしょうね。でも、それがいちばん手間のかからない方法なのよ。仕事ができるまでに回復したら、復職すればいいわ。今の役職に問題なくつけるよう配慮しますから。でも、もっと動かずにすむ仕事がいいと思えば、転職するのはあなたの自由よ。リチャーズ師長は間もなく退職なさる予定だから、私としてはあなたに後任の師長を務めてもらう心づもりだったのだけど、この件についてはいずれ改めて話したほうがよさそうね。あなたが職場復帰しても大丈夫かどうかの判断は、バムストラ先生がなさるべきことだから」

「はい、部長」エスメラルダはそう答えると、病棟に戻りながら、オランダにはどの服を持っていこうかと思いめぐらした。さらに、出発前に一度ゆっくり実家に帰ることと友人たちのためにパーティを開くことを決めた。妙な話だが、レスリーのことは頭からすっかり消え去っていた。

その週と翌週はまたたく間に過ぎていった。出発前の金曜日、エスメラルダは自室に入れるだけの友人たちを招き、上等なシェリー酒と、フォートナム&メイスンで調達してきた数々の高級食料品をふるまった。みんなで冗談を言い合ってはおおいに笑った。エスメラルダのオランダへの旅が話題の中心ではあっても、旅の目的についてはほとんど触れようとしなかった。だれもが、二、三カ月もすれば彼女が戻ってきて、また一緒に働けると確信しているようだった。

レスリーに会う機会はほとんどなかった。最後の週に一度だけ彼に誘われ、一緒に外で紅茶を飲んだのと、病院内で一度短い会話を交わしたのがすべてだった。レスリーはエスメラルダのことを自分の所有物であるかのようにふるまうところがあり、彼女もそれが気に入っていた。若い男性にそんなふうに扱われたことは今までなく、彼に注目されたことで、少しずつ女らしさを開花させつつあった。別れの挨拶をするとき、彼女は珍しく大胆になって言った。

「オランダへ会いに来てくれる？　もちろん、すぐにというわけじゃないけど……」

　レスリーは熱のこもった言葉でエスメラルダを喜ばせ、頰に軽くキスをすると、ほかの病棟に行かなければならないと言って足早に去っていった。エスメラルダはレスリーが振り向いて手を振ってくれるのを待ったが、彼が振り返ることはなかった。

　バムストラ医師の姿を見かけることは皆無だった。もうオランダに帰ったのだと、エスメラルダは思った。バムストラ医師にとって私は、手術を手がけるおおぜいの患者の一人にすぎないのだ。

　週末、エスメラルダはローバーミニいっぱいに荷物を積みこんでニューフォレストに帰った。心のどこかでは、レスリーが送ってくれることを期待していたが、彼は申しわけなさそうに、急に帰宅することになった外科病棟の研修医の代役をする約束をしてしまったと言って断った。がっかりしたものの、すねてみてもしかたがない。それにレスリーは、レイデンにいる間に訪ねていくと約束してくれた。少なくとも、そうできたらいいとは言っていた。

　それでも、実家に帰り着いたときにはすっかり気分も晴れて、いつもどおり母やトムズに世話を焼かれ、甘やかされて過ごした。二人とも、口を開けばオランダへの旅のことばかり話していた。レスリーの名が会話にのぼることはいっさいなく、なぜかバムストラ医師の名前だけが頻繁に出た。二日間はあっという間に過ぎ、トムズはエスメラルダの服をもう一度きちんと荷造りし直してくれた。エスメラルダは母と庭や森を散歩し、互いにいつ電話し合うか、予定を話し合った。

　日曜日、エスメラルダは母のローバーで出発した。助手席には母が、後部座席にはトムズが乗っていた。二人はエスメラルダを見送ったあと、母の運転でバーリーへ帰ることになっている。出かける前、エスメラルダはなんとなく気が重かった。自分自身はさほど望んでいない状況に追いこまれてしまったような気がした。足が治らなかったらどうしよう？　バムストラ先生が手術に失敗したら……？　その可能性もなくはないが、それでも、彼がなにかに失敗することなど想像もできなかった。漠然とした不安を振り払うかのように、車の中では母やトムズと話し、空港での別れ際には、次に会うときには踊りながら現れるわねと冗談を言った。

　オランダまでの短いフライトでは、なんとか気持ちを落ち着けることに専念し、スキポール空港に着陸するころには、少なくともうわべは冷静な表情を保っていた。空港ターミナルに入ると、その中央にある観光案内所をめざした。指定された番号に到着時刻を知らせたとき、電話に出た聞き覚えのない声は、ここで待っているようにと感じよく言ったのだ。

　荷物を運んでくれたポーターをかたわらに、行き交う人々を眺めながら、どの人が私を迎えに来た相手なのだろうと考えていると、うしろから肩をたたかれた。振り返ると、薄手のツイードのジャケットをさわやかに着こなしたバムストラ医師が、笑顔で彼女を見おろしていた。「僕の国へようこそ、エスメラルダ」彼はポーターに声をかけ、歩きだした。

　エスメラルダはその横を歩きつつ、遅まきながら言った。「こんにちは。先生がご自分で来てくださるとは思いませんでした」

「日曜日は休むようにしているんだ」バムストラ医師は先に立って駐車場へ向かい、濃いグレーのブリストル114の前で足をとめた。限定生産のとても高価な車だ。その貴族的な優雅さに比べると、周囲の車がすべて安っぽく見える。エスメラルダはポーターに礼を言い、バムストラ医師に手招きされて助手席に乗りこんだ。そして、荷物が積みこまれ、彼がポーターにチップを渡すのをおとなしく待った。

バムストラ医師が運転席に乗りこみ、車を出したところで、エスメラルダは尋ねた。「わざわざ迎えに来ていただいて、ありがとうございます。病院へ直行するんですか？」

医師は込み合った道路をものともせず、まるで田舎町を走っているかのような余裕たっぷりの表情で車を進めていく。エスメラルダは、レスリーの派手な運転とは対照的だと思ってから、こんなふうに考えるのはレスリーに申しわけないとあわてて否定した。

「いや、これから君を友人の家へ連れていく。アダム・デ・ウルフ・ファン・オージンガと奥さんのラヴデイの家だ。アダムは学生時代からの友人で、ラヴデイはイギリス人なんだ。君がやってくるという話をしたら、ぜひ招待したいと言いだしてね。家はフリースラント州のスネークの近くにある。今夜はそこで夕食をごちそうになり、明日の朝、僕が君を迎えに行ってレイデンへ送り届ける。手術は火曜日の予定だ」

「お気遣いありがとうございます。でも、直接病院へ行ったほうが、先生にとってはずっと手間が少ないのではないですか？」

「手間は少ないが、楽しみも半減する」

エスメラルダはどんな言葉を返せばいいのかわからず、別の質問をした。「お住まいはレイデンなんですか？」

「いや、違う。僕はユトレヒトとレイデンを行ったり来たりしているんだ。総合病院でも患者を何人か担当している。自宅はちょうどその三箇所の真ん中にある。とても便利だよ」

バムストラ医師はしばらく運転に専念し、それ以上話してくれるようすはなかった。エスメラルダはむっとした。いいわ、秘密主義でいたいんなら、どうぞご勝手に。自分はなんの断りもなく私の実家を訪ねたくせに……。

エスメラルダの小さく平凡な顔に表れた高慢な表情を、バムストラ医師は見逃さなかった。彼は愉快そうにグレーの瞳を光らせ、平然と道案内を始めた。

「今、アムステルダムを迂回《うかい》して、アルクマールへ向かう高速にのったところだ。あまりおもしろい道ではないが、時間を短縮できる。アルクマールからは干拓地を横切っていく。途中ハーレルムの横も通るよ。見どころの多い町で素通りするのは残念だが、君がイギリスへ帰るまでには何箇所か観光できるようにしよう」

ほどなくして、バムストラ医師はアルクマールに到着したことを知らせた。

「街の中心部には入らないが、高速を下りれば、きれいな町並みが見えるはずだ。少し休憩してコーヒーでも飲んでいくかい？」

「ええ、ぜひ」エスメラルダは即答した。「胸がわくわくしているせいか、おなかはちっともすいていませんけど」

車はすでにアルクマールの町を離れていた。「十五分くらい走ったところに、感じのいい店がある」バムストラ医師は少しスピードを落とした。「お母さんとトムズばあやはお変わりないかい？」

「ええ、二人で見送りに来てくれました。二人とも、先生なら私の足を治してくださると確信しているんです」

「君は違うのかな、エスメラルダ？」

バムストラ医師はいとも自然に、エスメラルダの呼び方をファーストネームに切り替えた。これは私たちの立場が変わったせい？　いいえ、そうではないわ。きっと、私がずっと年下だということを強調するためよ。バムストラ医師の年齢については見当もつかなかったが、これから訪れる友人宅で彼についていろいろ知ることができると思うと、エスメラルダはむしょうにうれしかった。「もちろん私も確信しています。心から望めば、願いはかなうものでしょう？」

「その考えには僕も同感だ」

　バムストラ医師は車を細い横道へ進めた。通りにはテラスのあるレストランが連なっている。入口の近くに駐車してくれたことが、エスメラルダにはありがたかった。これなら、足を引きずって歩く距離もせいぜい二、三メートルだ。彼がさりげなくすぐ隣を歩きつつも、手を貸そうとしたり、階段は大丈夫かと尋ねたりしないのもうれしかった。

　バムストラ医師はすぐ手前のテーブルを選び、コーヒーを注文した。「ここでは飲み物だけにしておこう。さもないと、ラヴデイに殺されるからね。この埋め合わせは次の機会にするとしよう」

　あくまでも社交辞令でそう言ってくれているのだと思ったエスメラルダは、調子を合わせた。「ええ、ぜひ。今はどのあたりなんですか？」

「締め切り大堤防《アフスライトダイク》はもうすぐだ。ここの道路は全長三十二キロで、かなり飛ばすことができる。フリースラント州に入ったら、オージンガの家までは三十キロほどで着くよ」

　渋滞に見舞われることもなく、ブリストルは軽快に飛ばしていった。ワッデン海とアイセル湖を仕切る堤防アフスライトダイクの上を走る道路は、見事なまでの直線で、何キロ先までも見渡すことができた。中ほどまで行ったところで、エスメラルダは子供のように歓声をあげた。「見て！　フリースラント州が見えてきたわ！」

バムストラ医師が周囲の地形について解説してくれた。

「ボルスワルトだ」再び陸地に入り、屋根に尖塔《せんとう》や切妻のある古めかしい町並みが見えたところで言った。さらに数分後に、また口を開いた。「ここがスネークだよ」

　バムストラ医師は町の郊外で高速道路を下り、湖の間を走る田舎道へと車を進めた。やがて小さな村に入ると、いちばん奥まったはずれにオージンガ邸が現れた。美しい庭に囲まれた大きな煉瓦《れんが》造りの建物だ。だが、じっくり鑑賞する間もなく玄関のドアが開いた。出てきたのは大柄な男性だ。背丈はバムストラ医師と同じくらいだが、年は少し上に見える。

　男性は低く柔らかな声で挨拶すると、バムストラ医師の背中を力強くたたいた。小柄な相手なら、なぎ倒されてしまうほどの勢いだ。彼は続いてエスメラルダにほほえみかけた。「アダムだ。君がエスメラルダだね。ティーモから話は聞いているよ」大きな手でエスメラルダの手を包みこむ。「ラヴデイはちょっと手がふさがっているんだ。ずっと今か今かと心待ちにしていたのに、よりによってこのタイミングでちびのアダムがミルクを戻してしまってね。さあ、入って」そして、バムストラ医師に目を向けた。「夕食を食べていくんだろう？　この時間に帰ったのでは、タウケに料理してくれとは言えないだろうからね」

　エスメラルダは聞き慣れない発音の名前を、記憶にとどめておいた。あとで機会があれば、この名前の持ち主について確かめなくては。続いてバムストラ医師が発した言葉に、なぜか心が波立った。「僕が言わなくても作ってくれるさ。彼女とはとてもうまくいっているんだ」

　屋敷に招き入れられながら、ずっとその言葉について考えつづけていたエスメラルダは、内装の美しさに目を奪われ、とたんに考えることを忘れた。オランダを訪れるのは初めてだが、これまで写真や書籍は数多く目にしてきたので、タイル張りの床や漆《しっ》喰《くい》の壁を見ても驚きはしなかった。それでも、すべてが重厚な趣をそなえていることにすっかり感心していた。こういう家に住む人は、プラスチックなどという言葉には縁がないだろう。女としては、ここまで美しく磨きあげるにはどれほど手がかかるかもよくわかる。繊細なアレンジをほどこした花瓶の花から目をそらしたとき、バムストラ医師がこちらをじっと見ていることに気づいた。だが、ちょうどそのとき、階段を下りてくる足音が聞こえ、二人が言葉を交わすことはなかった。

　足音の主の姿を見たとき、ラヴデイだとひと目でわかった。アダム・オージンガの堂々たる美男ぶりにつり合う女性は、ほかにいないだろうと思えたからだ。黒髪に黒い瞳のラヴデイは美人であるうえに、エスメラルダとは対照的に背が高く、めりはりのある体型だった。彼女は階段を駆けおりてくると、まっすぐにエスメラルダに歩み寄った。「来てくれたのね、うれしいわ。今回はたったひと晩だけど、次はぜひもっとゆっくりしてちょうだいね」そう言ってから、バムストラ医師のキスを頬に受けた。

「相変わらず美しいね」バムストラ医師が言った。「僕の名付け子は元気かい？」

「もう父親に負けないくらい大きいわ」子供がするような自然なしぐさで、ラヴデイは夫の手の中に手をすべりこませた。「アダム、ティーモに赤ちゃんを見せてあげて。私はエスメラルダを部屋に案内するわ。そのあと食事にしましょう」

　エスメラルダは美しい寝室で身なりを整えた。ラヴデイがずっと世間話をしているので、バムストラ医師について質問するチャンスはなかった。二人で階下に下りるときに、ようやくなんとか切り出した。

「バムストラ先生のお名前、ティーモと聞こえたのだけど、初めて聞く名前だわ」

「すてきな響きでしょう？　この地方に住むフリジア人に特有な名前なのよ。フリジア人の名には耳慣れないものが多いけれど、レイデンに住んでいる限り、オランダ語で悩まされることはないわ。都会ではみんな、多少の英語は話せるから」二人はアーチ型のドアの前まで来ていた。少し開いたドアから男性たちの笑い声が聞こえてくる。「ティーモから聞いてる？　私も看護師だったのよ」

「いいえ……」エスメラルダはラヴデイに促されて居間に入り、またしても質問の機会を失った。この屋敷の主人からシェリーのグラスを受け取ると、隣に腰を下ろして彼の質問に答えた。アダムの温かみのある態度に、すっかりくつろいでいた。オランダでのスタートは想像とはかなり違っていたものの、エスメラルダにとってはうれしい驚きだった。しばらくして、さりげなくバムストラ医師に関する質問をさしはさみはじめたが、ことごとくはぐらかされ、結局、これといった情報はなに一つ得られなかった。


　夕食の席はにぎやかだった。男性二人は古くからの友人で仲がよく、ラヴデイは気遣いのこまやかな女主人だった。エスメラルダは旺盛な食欲で、冷たいスープから、空気のようにふんわりしたチーズスフレ、絶品のサラダ、デザートのホイップクリームをのせたプディングに至るまで、おいしく味わった。食事は、がっしりした中年女性が運んできた。ラヴデイが紹介した。「うちの家政婦で、私たちのよき友人でもあるサスキアよ」

　握手をするとき、サスキアは、トムズが初対面の客に向けるのと同じようなまなざしでエスメラルダを見た。温かく、穏やかではあるが、相手をしっかり値踏みするような目だ。見られることがまったく気にならないエスメラルダは、にっこり笑い返した。

バムストラ医師はコーヒーを飲みおわるとすぐに帰っていった。帰る前、エスメラルダにおやすみと言うとき、明日の朝食後すぐに迎えに来るがかまわないかと尋ねた。「午後は手術の予定が入っているんだが、その前に、君が病室に落ち着くのを見届けないとね」

エスメラルダはそれまでに支度をしておくと約束した。そして、彼の大きな背中が遠ざかり、ドアの向こうに消えるのを眺めながら、なぜか寂しい気持ちになった。

そんな気分が顔にも表れていたのだろう、隣にいたラヴデイが尋ねた。「赤ちゃんのアダムを見に行ってみる?」階段を上がり、玄関ホールを見おろす二階の廊下を歩きながら、彼女は再び口を開いた。

「手術のことを話しても気にならない? もしも気が進まないならそう言ってね。話題にしないように気をつけるから」

「ぜんぜん気にならないわ。バムストラ先生やあなたがたご夫妻なら。中にはそうでない人もいるけど。哀れみの目で見るような人がいるのよ。〝踊ることもできないなんて、つまらない人生ね〟とか〝そんなになってかわいそうに。まだ痛むの?〟とか」エスメラルダは緑の瞳をラヴデイに向けた。「そんなことを言われたら絞め殺したくなっちゃう!」

「ここではそんな目にあうこともないわ。心の中で同情しても口には出さないし、あなたが必要とする現実的な手助けをしてくれるだけ。ティーモはとても腕がいいのよ。もう知っているでしょうけど」

二人は廊下の手すりに肘をつき、玄関ホールを見おろしながら並んで立っていた。居間から出てきたサスキアが二人に目をとめ、通りがかりにオランダ語で声をかけた。

「あなたは男爵夫人なの?」エスメラルダは耳ざと

く単語を聞きつけて尋ねた。

「ええ、アダムが男爵だから。オランダの称号は、イギリスとは少し事情が違うの。男爵や准男爵などの貴族の称号も、新たに授与されることはないのよ。ただ代々受け継がれるだけなの。貴族は貴族同士で結婚するのがならわしだし」

「アダムはあなたと結婚したじゃないの」

ラヴデイは美しい顔をエスメラルダに向け、にっこりした。「そうだったわね。私の人生でいちばんすばらしい出来事だわ」彼女は歩きだし、廊下の奥へと進んだ。「ティーモは准男爵なの。医学教授でもあるのに、イギリスにいるときにはミスターで呼ばれるのが好きみたい。知っていた？」

「知らなかったわ」エスメラルダはこの機に乗じてまた質問しようとした。「バムストラ先生は……」

けれど、そこでラヴデイがドアを開け、またしても機会を失った。生後二カ月の小さなアダムは、父親にそっくりだった。今の身長から見ても、成長すれば父親以上に背が高くなるのは間違いない。

ラヴデイはベビーベッドに身を乗り出した。「この子は私の宝物よ。大きくてもの静かなところも父親にそっくり。自分の思いどおりにならないと、静かでなくなるときもあるけど」金髪をそっと撫でると、エスメラルダとともに足音を忍ばせて子供部屋を出た。「フリジア人の乳母を雇ったのよ。英語とオランダ語だけじゃなくて、フリジア語もしゃべれるようにするんだと、アダムが言って。学校に通うようになれば、ラテン語とドイツ語とフランス語までつめこまれることになるのに」エスメラルダの驚いた顔を見て、ラヴデイはほほえんだ。「この国の人たちは外国語を学ぶのが好きなのよ。階下《した》でもう少し話をしましょうか？　アダムは居間にいるはずよ」

エスメラルダはそのあと一時間ほどしてベッドに

入った。寝る支度をしながら、今日のバムストラ医師の態度を思い出し、いらだちを覚えた。十分親切ではあったものの、意図的に距離を置こうとしているように感じられたのだ。明日の朝には、彼についてもっと聞き出せるといい。いちばん知りたいことをさりげなく尋ねるには、どうしたらいいだろう？　あれこれ思いあぐねているうち、眠りに落ちていた。手術のことも、レスリーのことも、一度も頭に浮かぶことはなかった。

　廊下の向かいの主寝室では、ラヴデイが分厚い絨毯《じゅうたん》の上を踊りながら鏡台へと移動していた。「ねえ、アダム、すてきだと思わない？」

　アダムはドアのそばに立ち、笑顔で妻を見つめている。「すてきなことなら山ほど思い浮かぶが」

　ラヴデイはにっこりした。「そうね、私たちのかわいいアダムを筆頭に……」

　アダムはうなずいた。「だが、その前にまず君だ。僕にとって、いつでも君がいちばんなんだよ」

　ラヴデイは靴を脱いだ足で軽やかに舞いながら、夫の胸に飛びこみ、軽くキスをした。「いつもうれしいことを言ってくれるのね。でも、私が言いたかったのは……」

「わかっているよ。恋に落ちた二人を眺めるのはすてきだ。もっとも、エスメラルダのほうはまだその自覚がないようだが」

「でも、ティーモは気づいているわね」

　アダムは目を輝かせ、静かな口調で言った。「実は、君たちが二階にいるときに二人で話したんだよ。さすが僕の奥さんだ。いつもながら鋭いな。エスメラルダは、ティーモについて質問しようとしなかったかい？　夕食前にあれこれきかれたよ。もちろん、控えめで遠まわしの言い方でね。彼に興味を抱いているのは間違いないが、彼女自身はまったくそれに気づいていないようだ」

「あなたのほうは、彼女のせっかくの質問に気づかないふりをしていたくせに。私にも二、三きいてきたけど、はっきりしたことは答えなかったわ」

「そのほうがいい。ティーモには彼なりの計画があるようだ」

「まったく、男っていうのは計画が好きね！」ラヴデイはあきれたように言った。

「今こうしていられるのも僕の計画のおかげだろう？」アダムは妻にやさしく口づけした。

自分の話が出ていることなど知るよしもないエスメラルダは、子供のようにぐっすり眠った。バムストラ医師が到着したときには、着替えも朝食もすませていた。彼にまた会えたことがなぜかむしょうにうれしかった。とはいえ、彼については、ごく簡単なことさえ知らない。何歳なのかも、結婚しているかどうかも。最後にもう一度子供部屋を訪ね、新しい友人に別れの挨拶をすませるなり、すぐに車に乗せられた。〝また会おう〟〝また遊びに来て〟という声を繰り返し浴びせられながら、車はあわただしく出発した。

バムストラ医師は最初に短い挨拶をしただけで、とりたてて話をしようとはしなかった。静まり返った車内で、エスメラルダはなぜ彼のことがこんなに気になるのかと考えていた。彼についていろいろと知りたいという衝動はあまりにも強く、こうしている間もひそかに質問を練っていた。〝奥様はお元気でした？〟と〝出張が多くて奥様はお寂しいでしょうね？〟のどちらにしようか決めかねていると、バムストラ医師のほうが先に口を開いた。

「これからまっすぐ病院へ行く。君は個室病棟に入る予定だ。そこならば、病棟の師長も何人かの看護師も英語がしゃべれる。研修医のオクタヴィウス・バルモントは若くて頭の回転も速いから、いろいろと力になってくれるはずだ」

「先生は来てくださらないんですか？」エスメラルダは思わずすがるような声を出してしまい、はっとして運転席を見た。横顔を見る限り、いつもどおりの落ち着いたやさしげな表情だ。バムストラ医師の瞳の輝きは、エスメラルダには見えなかった。

「もちろん会いに行くが、毎日というわけにはいかない。今週はユトレヒトに行かなければならないし、週末はフローニンゲンに帰らなければならない」

エスメラルダは窓の外を過ぎていく風車を見つめた。やっぱり奥さんがいるんだわ。「でも、手術はしてくださるんでしょう？」

「もちろん。師長はとても親切な女性だよ。毎日、イギリスの新聞やミルクの入った紅茶が届くようにしてくれるはずだ」

「それはうれしいわ。先生のお気遣いにも感謝します」そして、弁解がましく言い添えた。「別に、緊張しているわけじゃありませんから」

バムストラはエスメラルダのほうをちらりと見た。

「むしろわくわくしているんだろうね。もう間もなく、未来の新たな可能性について考えられるようになるだろう」

そこでエスメラルダはレスリーのことを思い出した。ずっと忘れていたことに少々気がとがめた。小声で同意してから、ここはどこなのかと尋ねた。

「レンメルだよ」バムストラは話題が変わってほっとしているようだ。「アイセル湖の、昨日とは反対の端をまわろうとしているところだ。レイデンまではまだ六十キロほどある。あとでコーヒーでも飲もう」

途中、森に囲まれた美しい田舎町で小休止し、カフェのテラスでコーヒーを飲んだ。バムストラ医師は愉快な話をいろいろしてくれたものの、自分自身についてはなにも話さなかった。車に戻ってからも、話題は通り過ぎる町の案内に終始した。そうこうするうちに車はレイデンに到着し、病院の美しい中庭にとまった。

　バムストラ医師は先に降りて助手席側のドアを開け、エスメラルダの手を取った。「荷物はこのままでいい。おいで」

　エスメラルダが一瞬感じた不安も、バムストラ医師の笑顔を見たとたんに消え去った。「はい、先生」彼女はふだんどおりの落ち着いた声で答え、引きずる足をものともせずに、バムストラ医師の隣をきびきびと歩いていった。重厚な回転ドアから中に入ってもなお、彼はエスメラルダの手を握りつづけていた。

4

バムストラ医師の姿を見るずっと前から、彼の声はエスメラルダの耳に届いていた。その声は、彼女が心地よく漂っている薄墨色の雲のトンネルの向こうから聞こえた。「エスメラルダ、さあ、起きて」静かな声で命じられたとき、エスメラルダは彼の手を握り、声は聞こえているけれどまだ起きたくないという気持ちを伝えようとした。それでも、低い笑い声が聞こえたところで、迷いは消えた。彼女はふんわりした雲の最後のひとかたまりを押しのけ、目を開けた。

　視界は手術着をまとった大きな体にふさがれていた。顔は帽子とマスクに隠れ、鼻梁《びりょう》と目だけしか見えない。エスメラルダはくぐもった声でこんにちはと言ってから、その姿に焦点を合わせようとした。しかし結局はあきらめ、礼儀上〝もう一度寝てもいいですか?〟と尋ねてから、再び眠りに落ちた。

再び目を開けたときにも、バムストラ医師はまだそこにいた。さっきよりその姿ははっきりしている。相変わらず手術着に身を包んでいるものの、マスクは顎の下に下ろしていた。彼がなにも言わないので、エスメラルダは乾いた喉をごくりと鳴らし、少し不機嫌に言った。「もう一度寝るって言ったのに」

バムストラ医師の顔に小さな笑みが現れてから消えるのを、彼女はじっと見守っていた。「ああ、四時間前にね。君がいびきをかいている間に、僕は手術室へ戻って、午後の執刀を終えてきた」

エスメラルダは目をみはった。「いびきなんてかいていません。終わったんですね?」彼女の瞳には口に出せない問いがこめられていた。

「無事成功したよ。あれほど見事に砕かれた中足骨は初めてだったがね。お茶が欲しいんじゃないのかな?」

エスメラルダの顔にゆっくりと笑みが広がった。安堵《あんど》とうれしさが胸いっぱいにこみあげてきて、なかなか言葉を発することができなかった。「ええ、この世のなによりも」そこで首をめぐらし、周囲を見渡した。すでに自分の病室に戻り、ナイティに着替えさせられている。手術を受けたほうの足は離被架に隠れて見えなかった。「起きられるようになるのは、いつごろですか?」答えがとくに知りたいわけではなかった。また眠けに襲われていた。

バムストラ医師もそれがわかっていたから答えなかったのだろう。エスメラルダはまぶたを閉じながら、〝また来るよ〟という彼の声を聞いた。なんとかまぶたを開けたとき、ベッドわきに彼の姿はなく、代わりにトレイを手にした看護師が立っていた。トレイには小さなティーポットとミルクピッチャー、それにカップとソーサーが置かれている。見たとたん故郷のことを思い出し、珍しく涙がこみあげてきた。看護師はトレイをわきに置き、オランダ語でなだめるような言葉をかけながら彼女の肩を抱いた。

「まずは泣いて、お茶はそのあとね」看護師は英語で言ってから、ドアのそばに立っているバムストラ医師のほうを振り返り、大丈夫だと言う代わりにほほえんだ。

エスメラルダは少し泣いて気分も落ち着いた。紅茶を飲み、みっともないところを見せてしまったことを看護師に詫《わ》びてからまた眠りについた。すると今度は、足の痛さに目を覚ました。疼痛《とうつう》が脚を這《は》いあがってくる。痛みをやわらげるために足を動かそうとしても、重いギプスをつけられているので動かない。ベッドわきのテーブルに看護師を呼ぶためのベルが置かれていた。だが、これまでベルの呼び出しに応えて忙しい思いをしてきたエスメラルダは、他人に同じ苦労を味わわせるのは忍びなかった。窓を見やるとすでに暗くなっていて驚いた。一日じゅう眠っていたようだ。しばらくすればだれか見まわりに来るだろうと思い、じっと横たわっていた。あいにく痛みは激しくなる一方だ。額に汗がにじんできているのがわかる。やはりベルを鳴らさなければ。

しかし結局のところ、ベルを鳴らす必要はなかった。「痛むのかい?」ドア口からバムストラ医師が尋ねた。そして、言いおわるかおわらないかのうちにベッドわきに立ってエスメラルダの脈を取っていた。「どうしてベルを鳴らさないんだ?」

「今、目が覚めたばかりなんです」エスメラルダはなんとかほほえんでみせた。「いずれだれか見まわりに来ると思って」バムストラ医師が額をふいてくれたことも、ベルを鳴らしたことも、気づかないほどぼんやりしていた。

すぐに看護師が一人駆けつけてきて、バムストラ医師の指示を受け、いったん出ていった。「おなかがすいているだろう。痛み止めを打ったら、食欲がわいてくるんじゃないかな。君の好きな紅茶でもどうだい？」

「うれしい……」エスメラルダは歯をくいしばりながら言った。「でも、食事までお願いするのは申しわけないわ。もうだいぶ夜も更けたようだし」バムストラ医師に目を向け、なんとか笑みをつくろった。彼は仕立てのいいグレーのスーツに身を包んでいる。つまり、そろそろ帰宅する時間だということだ。もうすぐ夜勤のスタッフがやってくるだろうが、ただでさえ忙しいのに、急な食事の準備までさせたくない。

「それは残念だな。君が夕食をとっている間、僕もコーヒーでもつき合おうと思っていたんだが。かなり遅くまで夕食にありつけそうにないからね」

看護師が戻ってきてエスメラルダに注射を打った。

「少ししたら効いてくるよ」バムストラ医師は言い、立ち去ろうとする看護師になにやら指示を出した。二人きりになると、部屋の隅から見舞い客用の小さな木の椅子を持ってきて座ろうとしたが、椅子は彼の体重を支えきれなかったらしく、大きくきしんだ。バムストラ医師は椅子をあきらめ、おおげさすぎるほど慎重にベッドの隅に腰を下ろした。そのあとしばらく無言だった。

やがてエスメラルダはほっとため息をついた。

「ずいぶん楽になりました」

「よかった。いいかい、これから二、三日は痛みが襲ってくるだろうが、そうなったらすぐに言うように。我慢していては傷の回復にもよくない」そこでバムストラ医師はほほえんだ。「話す気分になったかい？　断っておくが、僕は夕食の席でも君の足のことを話題にするよ。看護師たちはいつもそうしているんだろうからね」

「お医者様だって！」

「そのとおりだ」彼は瞳を輝かせた。「痛みはすっかりおさまったかい？」

エスメラルダはうなずいた。「おかげさまで、とってもいい気分です。皆さんのご迷惑になっていなければいいんですけど」

「迷惑だなんて、とんでもない。足を診てみようか？」

「お願いします」

バムストラ医師は立ちあがると、離被架から上掛けを取り払い、ギプスにおおわれた脚をあらわにした。爪先の部分のギプスは切り取られ、必要に応じて手術痕を診察し、治療できるようになっている。足の指の先からステンレスのピンが並んで突き出ていた。

「多少削ったり角度を整えたりしなければならなかったが、骨はすべて正常な位置に戻っている」バムストラ医師はエスメラルダの目をまっすぐに見た。「君の左右の足はこれで完璧に対称になったよ」

「なんとお礼を言ったらいいかわかりません。奇跡みたい。いいえ、奇跡そのものです。先生が奇跡を起こしてくださったんです。ずいぶん時間がかかったでしょうね」

「そこそこね」バムストラ医師は安楽椅子を引き寄せ、おそるおそる腰を下ろした。ふだん患者がベッドから起きられるようになったときに使うものだ。「ゆうべはくつろげたかい？」

昨日が遠い昔のように思える。バムストラ医師は個室病棟の四階にある病室にエスメラルダを案内し、病棟担当の看護師長に紹介したあと、十分ほどコーヒーを飲みながら雑談をしていった。忙しい彼にしてみれば精いっぱいの気遣いだということは、エスメラルダにもよくわかっていた。

「ここはとても快適です。師長を筆頭に、看護師はみんな親切だし、病院がこんなに楽しいところだとは思いませんでした。おまけに個室だなんて。この国では国民健康保険の患者にも、こんなにいい病室があてがわれるんですか？」

「治療のために望ましいとなればね」バムストラ医師は静かに答えた。「夕食が届いたようだ」

エスメラルダのメニューは、ヨーグルトとラスク、それに待望の紅茶だった。とても気分がよくなっていた彼女は、バムストラ医師のコーヒーに添えられていたサンドイッチをうらやましそうに見た。その視線に気づき、彼は愉快そうに笑った。

「まだ足りないのかい？」ベッドに歩み寄ってチーズサンドイッチをひと切れ渡す。「これだけだよ。それに、だれにも内緒だぞ。さもないと、僕が撃ち殺される」そして、エスメラルダがおいしそうに食べるのを眺めた。「お母さんに電話するかい？」

「いいんですか？　今日は電話できないから心配しないで明日まで待っていてと言ったんですけど」

「君が手術室を出てすぐ、万事うまくいったと僕から電話しておいた。それでも君の声が聞きたいだろうからね」

エスメラルダはうなずき、照れくさそうに尋ねた。

「先生にはお母様はいらっしゃるんですか？」

バムストラ医師は一瞬驚いたように目をまるくしてから真顔で答えた。「ああ、あと姉と妹がいる」

「だからお気遣いくださるんですね」

バムストラ医師はそれについてはなにも言わず、電話機を回線につなぎ、番号をまわしてから、再びベッドの端に腰を下ろした。エスメラルダはこの機会に彼の横顔を間近でじっくり眺めることができた。とてもハンサムだ。ただし、さほど若くはない。遠くで見れば金色の髪も、この距離からだと銀髪が半分くらい交じっているのがわかる。

バムストラ医師は交換手と話してから、静かに言った。「もう三十八だから白髪もたくさんある」

エスメラルダは驚きに息をのんだ。「ごめんなさい。気づいていらっしゃらないと思って……」

彼は愉快そうに横目でエスメラルダを見た。「そう言う君は二十六で、きれいな茶色の髪には白髪一本ないんだろう？」送話口に話しかけてから、受話器を彼女に渡す。「つながったよ」

母の声がはっきり聞こえてきた。「エスメラルダ？　声が聞けるなんてうれしいわ。おまけにすばらしいニュースまで！　さっきティーモから聞いたのよ。まだ信じられないわ。気分はどう？」

「最高よ」エスメラルダは少し嘘《うそ》をついた。「こんなにあっさり終わるなんて夢のようだわ」

「疲れているようね。声でわかるわ。でも、本当によかった……ばあやに替わるわね」

明瞭でしっかりしたトムズの声が聞こえてきた。

「なんと言っていいやらわかりませんよ。電話というのがどうも苦手でね。でも、ばあやがどれほどうれしいかはわかるでしょう？　あの頼もしい方も一緒におられるんですか？」

「ええ、ばあや、ここにいらっしゃるわ」

「そうだろうと思いましたよ」トムズは満足げに言った。「それじゃ、いい子でぐっすりおやすみなさい。それがばあやのいちばんの望みですよ」

「そうするわ。おやすみなさい」エスメラルダは母にも挨拶してから電話を切った。

バムストラ医師はエスメラルダの手から受話器を取った。エスメラルダは大きなあくびをし、彼と目が合うと、気まずそうに笑った。「あら、女性に目の前であくびをされるのは初めてみたいですね」また眠けが襲ってきた。「別に、先生が嫌いだからじゃないんです……」まぶたを閉じながらつぶやく。

「ねえ、なんだかおかしくありません？　私が生まれたとき、先生はもう十一歳だったなんて……」
エスメラルダは返事を待たず、頬を枕にすり寄せて眠りに落ちた。かすかに開いた口からは小さないびきがもれていた。バムストラ医師はベッドから腰を上げ、立ったまましばらく彼女の寝顔を見おろしていた。

翌朝、エスメラルダはかなり早い時間に目が覚めた。しばし雀《すずめ》の声や鐘の音を聞いていたものの、足の鈍痛はまたたく間に激しさを増し、しかたなくベルを鳴らした。看護師は注射器の皿を手に即座に現れた。「用意して待っていたんですよ。ミス・ジョーンズが目を覚ましたらただちに痛み止めを打つようにと、バムストラ先生に言われていたので」エスメラルダの腕に注射針を刺してから、看護師は続けた。「痛みはすぐにおさまるでしょうから、そうしたらお茶を持ってきますね」

「ご親切にありがとう。よかったら、エスメラルダと呼んでいただける？」

「私はアンナよ。夜勤なの。八時になったらシーヤが来るわ。昨日会ったでしょう。それじゃ、お茶にしましょうね」

エスメラルダが二杯目の紅茶をついでいると、バムストラ医師が病室に入ってきた。おはようと挨拶してから、彼は言った。「まだお茶を飲んでいるのかい？　痛みはおさまった？」

バムストラ医師の姿を見ただけで、胸の奥から喜びがわきあがってくる。自分のほうは青白い顔で髪がぼさぼさだということも、すっかり忘れていた。

「はい、おかげさまで。徹夜だったんですか？　お茶をお飲みになります？　たしかグラスが……」

彼は疲れた顔をして、顎には無精髭《ひげ》が生えている。セーターとズボンという格好からすると、夜中に家にいたところを呼び出されたらしい。

バムストラ医師はエスメラルダの足を丁寧に診察

した。「経過は良好だ。今朝は椅子に座っていてもかまわないよ」彼はにっこりした。「ああ、お察しのとおり徹夜をした。かなりの人数が呼ばれてね。多重衝突事故があったんだ。お茶のお誘いはありがたいが、アンナがコーヒーをいれてくれている。朝食のあと、オクタヴィウスが診察に来るはずだ」

バムストラ医師は挨拶代わりに軽くうなずいて出ていった。残されたエスメラルダは拍子抜けした気分だったが、考えてみれば、彼がこの病室にとどまる理由はない。そう自分に言い聞かせ、手鏡で顔を眺めた。平凡な顔立ちだということは自覚していても、今日はいつにもましてさえない外見に思えた。

朝食をすませ、シャワーを浴び、看護師の手を借りて窓辺の椅子に座ると、だいぶ気分がよくなった。髪を結いあげるのは大変なので、丁寧にとかしてうなじで一つにまとめ、リボンで結んだ。入念に化粧をし、母がプレゼントしてくれたピンクのナイティとガウンをまとうと、見た目にもかなり自信がついた。

「これでバムストラ先生がいつ来ても大丈夫よ」エスメラルダは自分に言い聞かせた。今朝五時に会ったみすぼらしい女とは大違いのはずだ。しかし、彼は現れなかった。代わりに研修医のオクタヴィウスが足を診察しに来た。彼はカルテをじっくり見ながら、とくに急ぐようすもなかった。ファン・ネル看護師が病室に現れると、さらにのんびりしはじめた。二人が交わす視線を見て、エスメラルダはぴんときた。そして、恋する気持ちなら私にもわかると思いつつ二人のようすを眺めていた。オクタヴィウスは生まじめすぎる印象だが、おとなしく落ち着いたモニーク・ファン・ネルとならお似合いだ。エスメラルダは二人の仲を取り持つべく、ここで紅茶を飲んでいかないかと誘った。「今日だけ特別に。いいでしょう?」

モニークはにっこりした。「それじゃ、お言葉に甘えて。あなたには悪いけど、患者の話をするときはオランダ語で話せば問題ないものね」

三人はお茶を一緒に楽しんだ。しばらく世間話をしたあと、エスメラルダの予想どおり、二人はオランダ語で話しはじめた。その内容は必ずしも仕事のことだけではないらしい。エスメラルダはゆったりとくつろぎながら、二人がデートの約束をしますようにと祈った。

バムストラ医師はまる一日現れなかった。エスメラルダは読書をしたり、おざなりに編み物をしたり、少し眠ったり、母やロンドンの友人たちに手紙を書いたりした。レスリーにも、当たりさわりのない内容の短いものを一通書いた。レスリーからは電話もなければ、花が送られてくることもなかった。看護師仲間たちからは季節の花の大きな花束が届き、母とトムズからは薔薇《ばら》が届いた。カードもたくさん添えられていた。レスリーは忙しいのだろうと、心の中で彼を弁護した。一日じゅう目がまわるような忙しさなのだ、手紙を書く余裕などないに違いない。

そのとき、歓迎されざる考えがふと頭に浮かんだ。バムストラ先生だって目がまわるほど忙しいうえに、徹夜までしなければならないのに、時間を見つけてようすを見に来てくれたじゃない？　いいえ、それは仕事だからよ。でも、だからって手術室で夜明かししたあとに来るかしら。頭が痛くなってきたので、それ以上は考えないことにした。足の痛みは薬で抑えているが、疲労感といらだちは消えなかった。なかなか身の入らない編み物をほうり出し、本を手に取ったものの、同じページを何度読んでもまったく頭に入らなかった。そうこうしているうちに、シーヤが夕食を運んできた。

エスメラルダは看護師によけいな心配をかけないようにおとなしく夕食を食べ、寝る支度をした。明日は松葉杖《まつばづえ》を使う練習をすることになっている。待ち望んでいる手紙か電話が来るかもしれない。見まわりに来た看護師たちにおやすみなさいと挨拶すると、エスメラルダは目を閉じた。

二時間ほど横になっていたが、鈍い痛みはいつまでもおさまらなかった。すると、アンナが耳元でささやいた。「これをのんで。痛くてなかなか眠れないんでしょう？　バムストラ先生が、眠らなければだめだとおっしゃっていたわ。明日になったら、痛みもずっと楽になるでしょう」

エスメラルダは与えられた薬をのんだ。すぐに痛みは遠のき、眠けが襲ってきた。午前一時にバムストラ医師がようすを見に来たときは、すっかり眠りこんでいた。

松葉杖の使い方はすぐに身についた。なにかにつまずいてころび、爪先のピンをぶつけたらと思うと少し恐ろしかったが、その恐怖を抑えこみ、看護師たちのじゃまにならないように気をつけて、病棟の広い廊下を行ったり来たりした。その翌日も、いまだなんの連絡もないレスリーのことで頭を悩ませながら廊下を歩いた。彼に電話をかけたい気持ちはつのるばかりだが、こういうことにはうといので、連絡していいものかどうかもわからない。考えながら頭を垂れ、髪を振り乱して、半ば意地になって歩いた。途中立ちどまり、顔にかかった髪を乱暴に払いのけた。体がほてって疲れ、なぜこんなことをしているのかわからなくなっていた。そのとき、廊下の向こうにバムストラ医師が立っているのが目に入った。

じっと見られていたのが癇《かん》にさわり、エスメラルダは思わず突っかかった。「いったいどこに行ってたんですか？　もう三日もたつのに！」

バムストラ医師がその言葉に驚いたかどうかは定かではない。彼はいつもどおりの親しげな口調で挨拶した。「やあ、エスメラルダ」

エスメラルダはだれを相手にしているのかに気づき、松葉杖で可能な限り、急いで近づいていった。

「すみません、なぜあんなことを言ってしまったのかしら。お忙しいのはわかっているのに……」

「君も忙しくしているようだね」バムストラ医師は励ますようにほほえんだ。「今日、踵《かかと》の部分の補強をしよう。そうすれば足をついてもっと速く歩くことができる。気分はどうだい？」

彼に会うたびに気分がよくなるのが不思議だった。

「とてもいいです。少し痛みはありますけど」

「君の病室で診てみよう」バムストラ医師はかなりの時間を割き、大きいながらも繊細な手で足の状態を診た。それがすむと、看護師のモニークに、今日の夕方六時からギプスの補強作業を行うと告げた。そしてモニークが出ていくと、エスメラルダに言った。「さてと、なぜそんな顔をしているんだい？」

「そんな顔？」エスメラルダは自分の乱れた髪と汗で光っている鼻のことを思い浮かべた。

「悲しげで、なにかに悩んでいるように見える」バムストラ医師は背を向け、窓の外を眺めた。「お母さんとは連絡を取り合っているんだろう？」

「ええ、電話もするし、手紙も書きます」エスメラルダは精いっぱい明るく答えた。「ものすごい数の手紙が来るんです」

「だが、例のチャップマンという青年からは来ないというわけだ」

エスメラルダは彼の弁護にまわった。「忙しいんです……」言いかけて口をつぐんだ。目の前にいる男性のほうがレスリーよりずっと忙しいはずだ。

「たぶん、手紙が迷子になっているんでしょう」

「ああ、そうだな。いずれにせよ、手紙を書く時間を作るのはなかなかむずかしいものだ。一日忙しく働いて、電話一本かけるのも大変なときがある。もう二、三日待ってあげるべきじゃないのかな。君には、イギリスを離れてからずいぶん長く感じられるだろうが、まだ一週間だからね」バムストラ医師はエスメラルダのほうを振り返り、きびきびと言った。

「明日から本格的に歩けるぞ。足がつけるから、松葉杖じゃなく、ステッキで大丈夫だ。最初は痛みがあるかもしれないが、ギプスで固定してあるから心配はいらない。もう二、三日すれば抜糸もできるし、そうなればあとはリハビリと時間しだいでどんどんよくなるだろう」

「本当になんとお礼を言ったらいいか……。これが私にとってどれほど大きな意味があるか、先生にはわからないでしょうね……」エスメラルダはにっこりした。「この私が踊れるようになるなんて！」

「ああ、きっと踊れるようになる」バムストラ医師は腕時計に目を落とした。「もう行くよ」

「さっきはごめんなさい」エスメラルダは目を伏せた。「この前会ってから、ご自宅には帰られました？」

バムストラ医師の顔に表れた驚きの色を見て、エスメラルダは頬を赤く染めた。「着いたらすぐとんぼ返りだがね。どうしてだい？」ちょうどそこへ、モニークがやってきた。彼女は病室のドアから顔をのぞかせ、声を落としてなにかまくしたてた。

バムストラ医師はドアの前まで行くと、振り向いた。「これから電話を一本かけなければならない。じゃあまた《トット・ツィーンス》」病室のドアは音もなく閉まった。

一人残されたエスメラルダは、ほっとため息をついた。なぜあんな質問をしてしまったのかしら？　バムストラ先生がどこに行こうが、私には関係のないことなのに。ふだん自分のことを話したがらない先生は、どう答えたらいいか困っていたわ。タイミングよくモニークが来てくれてよかった……。エスメラルダは鏡台に歩み寄り、その前に腰を下ろして、髪を整えた。それにしても、バムストラ医師に会うときに限ってひどい格好をしているのはなんとも残念だった。

その日の夕方、ギプスの補強は三十分もかからずに完了した。エスメラルダは病室に戻り、石膏《せっこう》を乾かすために足を高くしてベッドに座りながら、なぜか落ちこんでいた。髪をアップにし、わざわざ化粧もして、お気に入りの白いレースのガウンまで着ているというのに……。なぜそんな手間をかけたのか、自分でもわからない。無意識のうちに、レスリーが突然訪ねてきたときに備えようとしたの？　いずれにしても、時間のむだだった。レスリーが現れるわけもなく、バムストラ医師はギプスを補強する間、彼女の顔には目もくれようとしなかった。そこでふと、なぜそんなことが気になるのかと不思議になった。

それでも、翌朝目覚めたときには明るい気分に戻っていた。みんなと同じように歩ける日が少しずつ近づいているのだと思うと、胸がわくわくした。エスメラルダは試しに立ってみた。爪先を上げて歩かなければならないので、バランスを取るのがむずかしいが、痛みはなかった。

シャワーをすませたあと、髪を三つ編みにして背中に垂らした。窓辺で朝食をとっていると、モニークが手紙の束を届けに来た。いちばん下に、一通の電報があった。エスメラルダは急いでそれを開けた。レスリーからだ。たった一行、〈順調だと聞いて喜んでいる〉とあった。手紙や見舞いのカードほど手が込んでいなくても、いちおう送ってくれたのだ。

エスメラルダはふと眉根を寄せた。順調だと、なぜわかったのかしら？　次の瞬間、眉間のしわが消え、顔に笑みが浮かんだ。ばかね、母に電話したに決まっているじゃないの。レスリーは毎日実家に電話してくれているのに、母が言い忘れているだけかもしれない。そう考えると、電報のそっけない文面も気にならなかった。

　この日は見舞い客もやってきた。窓の外の小さなバルコニーの手すりにもたれていると、病室のドアが開き、ラヴデイがアダムを引き連れて入ってきた。

「もっと早く来たかったんだけど、ティーモからとめられていたの。しばらくは立って歩くことに集中したほうがいいからって」彼女はエスメラルダの頬にキスをし、豪華な花束をベッドに置いた。「アダムは今日ここで手術があるから、一緒に来ることにしたのよ。四時までは帰れないそうだから、それまで私につき合ってくれる？」

　ちょうどそこへモニークが入ってきて、狭い病室で四人そろってコーヒーを飲んだ。少しするとアダムが妻にキスをしてから病室を出ていき、モニークも仕事に戻った。

「元気そうだわ」二人きりになったところで、ラヴデイが言った。「ティーモが完璧に治したんだそうね。三時間もかかったって話だけれど」

「知らなかったわ。先生はあまり話してくれないの。質問ばかりしても悪いし。そうだわ、二、三ききたいことが――」

　ラヴデイは聞こえなかったかのようにさえぎった。

「彼、今日も手術なんですってね。とても面倒なケースらしいわ」彼女はその患者の症例について事細かに話しはじめた。先日もそうだが、バムストラ医師の話題を意図的に避けているように思える。

　それでも、ラヴデイと話をするのは楽しかった。昼食の前になると、彼女は気をきかせ、病院の近所の友人を訪ねると言っていったん出ていった。エスメラルダが食事をすませ、しばらく昼寝をしたところでラヴデイは戻ってきた。腕いっぱいの雑誌と、果物が盛られた籠を手にしている。やがてアダムもやってきた。彼はペーパーバックを数冊とジグソーパズルを渡してくれた。

「退屈しないようにと思ってね」アダムは言い、冷たくなった紅茶を飲んだ。「ティーモが退院を許可したら、うちに来てくれるんだろう？」

「ご親切はうれしいですけど、そこまでご迷惑をおかけするわけには。まっすぐ実家に帰ります」

「いずれ帰らなくちゃならないけれど、退院してからしばらくは帰国しないほうがいいわ」ラヴデイが言った。「順調に回復しているかどうか、ティーモもしばらくようすを見たいでしょうし」

「もちろん、少しの間おじゃまできたらとてもすてきだけれど、それではずうずうしすぎるわ。まだ知り合って間もないのに」

「ティーモの友達は僕たちにとっても友達だ」アダムがにっこりした。「また見舞いに来るよ」彼は約束し、妻のほうを向いた。「そろそろ行こうか？」

二人が出ていってしまうと、病室はしんと静まり返った。エスメラルダはラジオをつけ、手紙を書き、飽きかけている編み物を取り出した。今日はとてもいい日だった。ようやくレスリーからも連絡があったし、訪問客もあった。落ちこむ必要などどこにもない。十段編んだところでほとほといやけが差し、編み物をしまって雑誌を広げた。ひととおり目を通せば夕食の時間になるはずだ。そのあとは寝ることだけを考えればいい。

エスメラルダは実際そうした。その間ずっと、バムストラ医師の足音が聞こえるのを期待し、無意識のうちに耳をそばだてていた。結局、彼の足音が聞こえることはなかった。

5

　バムストラ医師が現れたのは翌朝だった。エスメラルダの朝食が運ばれてきた直後、彼は湯気の立つコーヒーのカップを手に入ってきた。うしろに従えたアンナは、バタートーストの皿を持っている。彼は温かい口調でおはようと言った。「今日は朝から忙しくてね」そのわりにはゆったりした物腰だ。「朝食を食べずに家を出てきてしまった。タウケを早い時間から起こすのは気の毒だし、アンナはこうしていつも親切にしてくれる」彼はベッドの縁に腰を下ろし、トーストの皿をエスメラルダのトレイに置いた。「この間よりは機嫌がよさそうだな」

　エスメラルダとしては、タウケがだれなのかききたくてたまらなかったが、あいにくバムストラ医師は答えを待っている。「レスリーから連絡があったんです」

　バムストラ医師はトーストをじっと見つめ、一枚を選んだ。「それで？」

「電報でした」

「それはよかった。うれしいかい？」

　エスメラルダは紅茶をついだ。「ええ。ご心配をおかけしました。私のこと、ばかだと思っているでしょうね？」

　バムストラ医師は首を横に振った。「とんでもない。まあ、もっと時間のあるときに長い手紙を書こうと思ってつい書きそびれてしまうのは、だれにでもあることだがね」

　エスメラルダはよくわからないながらもうなずいた。ベッドに座ってトーストを食べているバムストラ医師は、とても頼りがいがあって、落ち着いたようすに見える。彼になら、なんでも話せそうだ。

「もしも私が美人で、ごくふつうの足をしていたら、こんなふうに不安にならずにすむと思うんです」

バムストラ医師はほほえんだ。「だったら、もう不安になることはないじゃないか。足は左右対称になったし、美人でなくても、たいした問題じゃない。君にはとても愛らしい瞳と美しい声がある。僕に言わせれば、なに一つ不安に思う必要はない」

それは必ずしも大喜びするようなほめ言葉ではなかったのかもしれない。けれど、彼は気休めに君は美人だなどと言うことはなく、おかげでそのあとのせりふがいかにも真実味をおびて聞こえた。エスメラルダは照れくさそうにほほえみ、礼を言った。

「ラヴデイとアダムが会いに来てくれたんです」そして、退院後に夫妻の屋敷に滞在するよう勧められたことを話した。「ありがたいし、そうできたらすてきだと思いますけど、厚意につけ入るようで申しわけなくて」

バムストラ医師は洗面台で手を洗った。「アダムは生まれてこのかた、気の進まないことなどしたことがない男だ。なにもかも自分の思いどおりにするし、こうと決めたらぜったいに意志を曲げない」

「先生もそうなんですか？」

バムストラ医師は手をふいたタオルを洗面台に無造作に投げた。「ああ、そうだ」彼の大まじめな顔を見て、エスメラルダは一瞬、温厚ないつもの表情とは別の顔を垣間見たような気がした。必要とあれば、非情にも厳しくもなれる男性の顔を……。だが、そう思っているうちにも彼はいつもの穏やかな表情に戻り、医師らしい口調で、できるだけ足を動かすようにと命じた。そして、ドアのところで朗らかに〝じゃあまた〟《トット・ツイーンス》と言って出ていった。

その日は穏やかに過ぎていった。バムストラ医師がエレベーターではなく階段を使うよう命じたので、散歩にはシーヤがつき添ってくれた。最初のうちはとまどっていたエスメラルダも、やがてギプスに包まれた足を自分の足として感じられるようになってきた。部屋に戻ったときはすっかり疲れきっていたが、それによって気持ちが沈むことはなかった。レスリーから手紙が来なくても、間違えた編み目を何段かほどかなくてはならなくても、機嫌を損ねることはなかった。少なくとも前に進んでいるのだと思えた。階段をのぼることができた自分が誇らしかった。そしてなにより、バムストラ医師が瞳を愛らしいと言ってくれたことを思い出すだけで、わけもなく幸せな気分になった。

　エスメラルダはうきうきと桜色の爪を磨き、ピンクのガウンに着替えて、髪を結い直した。もう午後のお茶の時間で、だれが訪ねてくるわけでもないのにと思いながら……。

　しかし、それもむだにはならなかった。髪の残りのひと房をピンでとめているとき、モニークがドアから顔をのぞかせた。「お客様よ」彼女は一歩下がって、二人の女性を招き入れた。

「お母様！」エスメラルダは声をあげると部屋を横切り、母の体に腕をまわした。「ばあやも！」そう言いながら今度はトムズと抱き合った。「こんなにうれしいことはないわ。どうやって来たの？　どこに泊まるの？　なにも言ってなかったのに……」

　母は腰を下ろし、エレガントなツーピースのジャケットの前を開けた。「ばあやとあなたのことばかり話していて、どんなに電話や手紙で連絡を取り合っていても、やっぱり顔が見たいわねということになったの。そうしたら昨日、ティーモが見舞いに来たらいいと誘ってくれて」母は満面の笑みを浮かべた。「思いきって来てしまったのよ！」

　エスメラルダはトムズを椅子に座らせてから、ベッドの縁に腰を下ろした。「先生はなにもおっしゃっていなかったわ。飛行機で来たの？」

「ええ。空港に迎えの方が来て、ここまで送ってくださったの。このあとティーモが来て、私たちをお宅へ案内してくれることになっているわ。手があくのはいつになるかわからないという話だったけど、師長さんがとてもご親切で、いつまでいてもかまわないと言ってくださったのよ」

「バムストラ先生のお宅に泊まるの？」エスメラルダは目をまるくした。

「ええ。大丈夫よ、二晩だけだから」

「そうね……ご親切に感謝しなくちゃ。私は先生のご自宅がどこにあるのかも知らないわ」

「私たちもよ」母が愉快そうに声をはずませた。

「じゃあ、全部聞かせてちょうだい。今まで電話でいろいろ聞いたけど、それはそれだもの。足を見せてくれる？」

　エスメラルダはギプスに包まれた足をベッドにのせた。母は指から突き出ているピンを見て、恐怖に息をのんだ。一方のトムズは、持ち前の冷静さでじっくり観察した。「なるほど、小さな骨の位置を変えるために、きちんととめておく必要があるということですね。見た目は痛々しいけれど、いったんピンを入れてしまえば痛くはないでしょうし」

「そのとおりよ、ばあや」エスメラルダは言った。

「皮膚の色もずいぶんよくなってきたわ。毎日この足で歩いているの。階段だってのぼれるのよ」

「そんな……大丈夫なの？」母が心配そうに言った。

「歩いたら手術痕にさわるんじゃないかしら」

「平気よ、動かないように固定されているから。筋肉を衰えさせないためにも歩かなくちゃ」

「本当に痛くないの？」

「ええ、本当よ、お母様……あ、お茶が来たわ」

　シーヤが病棟つきのメイドを従え、紅茶のトレイと、小さなサンドイッチやビスケットの皿を運んできた。「イギリス風の四時のお茶です」彼女はうれしそうに言い、少しの間談笑してから出ていった。

　母が大きなため息をついた。「お茶が飲みたくてたまらなかったの。ばあやもそうよ。私たちがいちばん恐れるのは、お茶をいただけないことだわ」

　一杯目を楽しんでいると、ドアが開き、バムストラ医師が入ってきた。「ティーカップの音が聞こえたものでね」そう言って、挨拶した。「僕がここに来るたびに、必ずと言っていいほど、エスメラルダはティーポットをのぞきこんでいるんですよ」彼はベッドの縁に腰を下ろし、モニークが運んできてくれたカップとソーサーを受け取ってから、母に向かって尋ねた。「六時にお送りするということでかまわないですか？　十分後に診察の予約が入ってますが、今夜は手術はせずにすみそうです」続いてエスメラルダに目を向ける。「足の具合はどうだい？　階段はのぼれた？」

「まずまずです。欲を言えば、もう少し優雅さが欲しいところですけれど」

　一同は声をそろえて笑い、そのあとエスメラルダは、バムストラ医師が母やトムズを魅了するのを見て感心した。トムズときたら、手製の黄花九輪桜《カウスリップ》のワインを持ってきたのだと自慢げに告げ、さらにはこんなことまで言った。「もしよろしければ先生もばあやとお呼びくださるとうれしいんですが」バムストラ医師が礼を言うと、トムズは上品な帽子をのせた頭でうなずいた。「先生はごきょうだいはいらっしゃるんですか？」

「姉と妹がいます。二人とも結婚して、子供もいるんですよ」バムストラ医師はそれ以上個人的なことは話さず、巧みに話題をそらした。「ずっとミセス・ジョーンズのお宅で働いていらっしゃるんですか、ばあや？」

　トムズの忙しくも平凡な人生の回想で、バムストラ医師の十分間の休憩は終わった。彼は腰を上げ、できるだけ早く戻ると約束して病室を出ていった。

その言葉どおり、彼は約束の時刻の十五分前に戻ってくると、明日の朝にはまたお母さんとばあやを連れてくるとエスメラルダに言った。「病院の中を案内してさしあげるといい。エレベーターホールの窓からの眺めがすばらしいよ」

母とトムズはエスメラルダを抱き締めてから、バムストラ医師のあとについて病室を出ていった。にぎやかだった部屋はとたんにがらんとして寂しく感じられた。だがその直後、バムストラ医師が戻ってきた。

「僕としたことが、おやすみの挨拶を忘れるとは」

そう言って、エスメラルダに軽くキスをした。

翌日の夕刻近く、この日ずっとアムステルダムへ行っていたバムストラ医師とようやく顔を合わせた。それまでにエスメラルダは、昨日のキスは兄のような親しみの表れだったのだという結論に達していた。あれは、リハビリに励んで早くよくなろうという努力をたたえるためのものだったに違いない。

バムストラ医師はいつもながら愛想よく、だが一定の距離を保って接した。エスメラルダがどことなく気まずそうにしていることなど、まったく気づいていないようすだ。エスメラルダの母親やトムズとひとしきり話をした彼は、ようやくエスメラルダに注意を向け、足の状態について尋ねた。エスメラルダがなんの問題もないと答えると、診察室へ来るように命じた。

「モニークに抜糸をしてもらおう」

エスメラルダはバムストラ医師について診察室へ行った。モニークが鋏《はさみ》と鉗子《かんし》を忙しく動かしている間、彼はじっとそのようすを眺めていた。手術の際、エスメラルダの足の甲の皮膚は馬蹄《ばてい》型に切開され、丁寧に縫合されていた。今回抜糸したのはその半分ほどだが、それだけでもずいぶん足が楽になった。残りの糸は明日取り除くということだった。足が治るのももう時間の問題だ。次はピンが抜かれ、やがてはギプスもはずされることになる。エスメラルダはぎゅっと目を閉じ、思い描いた。今度会ったとき、私が駆け寄っていったら、レスリーはどんな顔をするかしら？

バムストラ医師はそのあと長居はせず、エスメラルダが母とトムズにおやすみなさいと挨拶すると、すぐに二人を病室の外へ連れ出した。この日は戻ってくることもなかった。エスメラルダはレスリーがいつ訪ねてきてくれるかということで頭がいっぱいで、バムストラ医師が帰ったことにも気づかないほどだった。

翌日の午後、母とトムズはイギリスへ帰っていった。店が開けるくらい大量の花や本やチョコレートを残して二人が去ったあと、エスメラルダは気づいた。バムストラ医師や彼の家庭についてなに一つ聞き出せなかったことに。彼の家はどんなふうか母に尋ねたことはあったが、すてきな家だという漠然とした答えしか返ってこなかった。そのうちトムズがほかの話題を持ち出して、機会を逃してしまった。何度か同じような質問を試みたが、いつも上手にはぐらかされた。エスメラルダは今では大嫌いになってしまった編み物に再挑戦しながら、惜しいことをしたと思った。とはいえ、頭の中は今のところレスリーに占められていた。彼に手紙や電話で連絡したいのはやまやまだが、控えたほうがいいのは常識でわかっていた。彼が訪ねてこないのも、ギプスが取れるまで待つつもりなのだろうと思い、それまでの長い道のりを考えては暗澹《あんたん》たる気持ちになった。

日々はゆっくりと過ぎていった。エスメラルダは毎日手紙を待ちわびては、そのつどがっかりしていた。徐々にいらだちがつのり、食欲も減退して、夜も眠れないことが多くなった。次にバムストラ医師に会えたのは、一週間後だった。彼が白衣姿でオクタヴィウスとモニークを引き連れて現れたとき、エスメラルダは不機嫌に挨拶し、いやみたっぷりに言い添えた。「ずいぶんご無沙汰でしたね」

バムストラ医師は彼女の無礼を見過ごすことにしたらしく、にこやかに応じた。「ウィーンに行っていたんだ。足の調子はどうだい?」

「おかげさまで上々です。あとどれくらい……」

「うんざりしてしまったのかい? もうすぐだよ。ちゃんと運動はしているんだろう?」エスメラルダがうなずくと、バムストラ医師は続けた。「それじゃ、話してくれないか。なぜ君はこのところよく眠れず、食欲もなく、いつもつまらなそうにしているんだい?」

エスメラルダは怒りをこめて彼をにらんだ。「私、いろんな人に迷惑をかけているんですね。苦情が出るのも当然だわ」

「だれも苦情なんて言っていないよ、エスメラルダ。それに君は迷惑なんかかけていない。僕の質問に答えてくれるかい?」

エスメラルダはしばらくバムストラ医師をにらみつけていたが、突然わっと泣きだした。ずっと泣きたかったのだと、このとき初めて気づいた。抑えていたものを解放することができて、心の底からほっとした。しゃくりあげ、洟《はな》をすすりながら、涙がとめどなく頬を流れ落ちるにまかせた。

バムストラ医師はエスメラルダを見つめてから、研修医と看護師に向かってうなずいた。二人は音もなくそっと病室を出ていった。そのあとバムストラ医師はベッドの縁に腰を下ろし、両膝の間で手を組んで、じっと床を見おろしていた。やがて彼女の涙がとまると、彼は言った。「まずは顔を洗っておいで。そのあと全部話してごらん」

その声があまりにやさしかったので、エスメラルダは言われたとおり洗面台で顔を洗い、ベッドに戻って座った。

「レスリーのことかい？」バムストラ医師は感情を交えずに尋ねた。

エスメラルダはうなずき、抑揚のない口調で、これまでの出来事をひととおり説明した。

「電報が一通だけなんて。ずっとここにいるのに。私は彼のために言いわけばかりしていました。だけど、ごまかしてもしかたがないわ。彼は来ないのよ。最初から来る気がなかったんです。でも、だったらなぜ……」エスメラルダは言葉を切り、大きく息をついた。「週末、家に送ったりしてくれたから、私はてっきり……」胸が苦しくなり、息を吸いこむ。「足のことなんて、もうどうだっていい。こんなことを言うのは恩知らずだってわかっていますけど、もうどうでもいいんです。とにかく、このいまいましいピンを抜いて、ギプスを割ってもらえれば。そうすればまた不格好に足を引きずって歩けるわ」

怒りにまかせて口走った言葉に対して、バムストラ医師はなにも言わなかった。エスメラルダは待ちくたびれて彼のほうに目をやった。また床を見つめていたバムストラ医師が顔を上げた。

「選択肢はいくつかあるんじゃないかな」彼は穏やかに言った。「病院に電話して彼と連絡を取るという手もあるが、それはいやなんだね？　そんなことをするくらいなら、悲しみにくれていたほうがいいというわけだ。友達に電話でさぐりを入れるという方法もあるが、それでは彼を信頼していないことになる。だからこれもだめだ」グレーの瞳がまっすぐにエスメラルダをとらえた。「あるいは、あと三日だけ待つこともできる」彼は組んでいた手をほどき、ズボンについていた細い糸屑《いとくず》を払った。「僕だったら、奇跡を信じるな」

腫れたまぶたの陰のエスメラルダの瞳は、緑の炎のように燃えたっていた。「先生だったら本当にそうします？　本気でおっしゃっているの？」

「本気だよ、エスメラルダ」バムストラ医師は立ちあがった。「ピンは一週間後にははずせる。君の足だって、ある意味では小さな奇跡じゃないか」

　エスメラルダは泣き腫らした顔をさらに赤らめた。

「ひどいことを言って、ごめんなさい。かっとなると、まともじゃなくなってしまうんです」

　バムストラ医師は彼女を見おろし、ほほえんだ。

「いいかい、エスメラルダ。君を愛する人たちにとって、君はいつだってまともだよ。泣いたり、癇《かん》癪《しゃく》を起こしたり、八つ当たりしたりしても、そんなのは気にならない。君のことを愛して、理解している人にとってはね」

　しばらくしてバムストラ医師が病室を出ていったあと、エスメラルダは数日ぶりに晴れやかな気分で身なりを整えた。彼の自信に満ちた口調が、自分にも自信を与えてくれたような気がした。ひょっとしたらなんでもないことなのに大騒ぎしていたのかもしれない。そう自分に言い聞かせ、杖《つえ》をついて散歩に出かけた。途中で会ったモニークは、さっきの一件にはいっさい触れず、たわいもないおしゃべりにつき合ってくれた。

　それから三日間、バムストラ医師の姿を見かけることはなかった。エスメラルダは漠然とした寂しさは感じても、それで気落ちすることはなく、精いっぱい朗らかにふるまった。リハビリに励み、明るい調子の長い手紙を何通か書き、食事も残さずに平らげた。

　四日目の朝、リハビリから病室に戻ろうと階段をのぼっていると、階段の上からレスリーが見おろしているのに気づいた。エスメラルダの頭に最初に浮かんだのは、バムストラ先生の言うとおりだという考えだった。続いて浮かんだのは、レスリーは笑顔ではないという思いだ。しかし次の瞬間、彼お得意の少年っぽい笑みがその顔に広がった。エスメラルダは残りの段を順調にのぼっていった。レスリーも下りてきてくれるのではないかと期待したが、じっと立ったまま動かなかった。彼女が目の前まで来たところで、レスリーは言った。「やあ。十分は待たされたよ」

　私はその何千倍も待たされたんだけど。そう言い返したい気持ちをこらえてほほえみ、明るく応えた。

「リハビリに行っていたの。一日二回通っているのよ」エスメラルダは病室へレスリーを案内した。

「お待たせしてごめんなさい。もうすぐコーヒーの時間だから、飲んでいくでしょう？」笑顔で尋ねながらも、どこかぎこちない感じがした。レスリーの姿を見た瞬間はとてもうれしかったのに、今ではその気持ちもよくわからない。久しぶりで気恥ずかしいだけかしら？　あるいは、レスリーが手紙を書いてくれなかったことがまだ心に引っかかっているの？　「電報をありがとう」

　レスリーは一瞬、なにを言われたのかわからないようにきょとんとした。「ああ、電報ね。病院の仕事が忙しかったんだ。ずいぶんいい部屋だな」

　エスメラルダは窓辺に腰かけ、そばの椅子に座るよう彼に手招きした。「スタッフの人たちもみんなとても親切なのよ」

　ギプスにおおわれた足はガウンの長い裾に隠していたが、レスリーのほうから具合はどうかと尋ねてくれるものと思っていた。だが、気まずい沈黙は続き、なにか軽い話題を提供しなければとエスメラルダが考えていると、ようやくレスリーが口を開いた。

「それで、足の具合は？」

「とても順調よ！」思わず口調に熱がこもった。ギプスに包まれた足を前に出し、レスリーに見せる。まだ皮膚は変色していて、手術痕は赤く生々しい。まるでホラー映画の一場面のように、足の指からピンが突き出ている。あまりいい眺めではないが、整形外科医なら見慣れた光景のはずだ。しかし、レスリーの次のひと言は、エスメラルダにとって大きなショックだった。

「これはひどいな」

「三日後にはピンも抜けるそうよ。手術も成功したから、ギプスさえ取れれば、走ることも踊ることも……」

「それはどうかな」レスリーは軽い口調で言い、腰を上げた。「じゃあ、僕はそろそろ行かないと」

エスメラルダは驚いて彼を見あげた。「もうロンドンへ帰るの？　来たばかりじゃないの。まさか日帰りのつもり？」

そのとき、病室のドアが開き、エスメラルダの注意はそちらに引きつけられた。入ってきたのは、すらりと背の高い美女だった。ロング丈のコットンのワンピースを着て、何重ものビーズのネックレスをつけ、頭には革のつば広の帽子という個性的ないでたちだ。

女性はエスメラルダにちらりと視線を向けてから、形だけの笑みを浮かべて言った。「まあ、ここにいたのね、ダーリン。そんなに怒った顔をしなくてもいいじゃないの。あなたがせいぜい十五分って言ったのに、三十分たっても戻らないから、退屈しちゃったのよ」そこで黒い瞳を再びエスメラルダに向けた。「こんにちは、あなたがエスメラルダね」ギプスに包まれた足を見て、おおげさに身震いしてみせる。「足が悪いんですってね、お気の毒に。レスリーもかわいそうだって言っていたわ」

エスメラルダがショックで顔面蒼白《そうはく》になっているのにも気づかないようすで、女性はさらに続けようとしていた。そのとき、どこからともなく突然バムストラ医師が現れ、女性の横をすり抜けて病室へ入ってくると、彼女の手からノブを奪い取り、ドアを大きく引き開けた。

「ただちにお引き取り願おう」バムストラ医師はいつもの穏やかな態度からは考えられない険しい口調で言った。「おまえもだ……」レスリーに目を向けたとき、その声はものものしいうなり声に変わっていた。「さっさと出ていけ」

バムストラ医師は息を荒らげながらも、表情はあくまでも落ち着いていた。しかし、彼が母国語で口にした言葉には凄《すご》みがあり、言葉がわからないはずの二人の訪問者は滑稽なまでにあわてふためいて、我先に病室から駆け出していった。バムストラ医師はドアを閉め、レスリーが持ってきた花束を手に取ると、バルコニーから中庭に無造作にほうり投げた。それから、いつもの定位置――ベッドの端に腰を下ろした。

エスメラルダは、これは悪夢なのではないかと思った。そうあってくれればと願った。しかし、夢でないことはよくわかっている。彼女はバムストラ医師のほうには目を向けず、頭に浮かぶ考えをそのままつぶやいていた。

「きっとレスリーの恋人ね。とてもきれいな人だわ。私の足を見て笑ってた。レスリーはなぜ来たのかしら？　彼、私のことなんか愛していなかったのね。好きという気持ちすらなかったのかもしれない。私の足を、まるで怖いものでも見るような目で眺めていたわ」ため息が口からもれた。「少しは好意を抱いてくれているのかと思っていたのに。食事に連れていってくれたり、週末、私の実家まで車で送ってくれたりしたんですもの。結局はお金目当てだったってことなのかしら。私の財産のことは知らないと思っていたけど、どこかで聞いたのね。さほどの資産家じゃなくても、クリニックを開くくらいのお金はあるから……」エスメラルダはまたため息をついてから、よそゆきの声になって言った。「お茶でもお飲みになります、バムストラ先生？」

　バムストラ医師に目を向け、なんとか笑みをつくろったものの、その笑みはすぐに消えた。

「レスリーが来てくれるのを楽しみにしていたのに。先生がそう言ってくださったから、きっと来ると信じていたんです。だから彼の姿を見た瞬間、奇跡を信じてあと三日だけ待てという先生の言葉を思い出して……」バムストラ医師はじっとエスメラルダを見つめている。その表情のなにかが引っかかり、彼女は口をつぐんだ。「先生は彼が来ると知っていらしたのね……先生が来てくれと頼んだんですね？」

　バムストラ医師がうなずいた。その顔に笑みはない。「ああ、そうだよ」

　エスメラルダは子供のように文句を言った。「なぜそんなことを！　それじゃ奇跡じゃないわ！」

「いや、奇跡だよ。少なくとも、奇跡の始まりにはなりうる。彼に会いたいと心から思っていたんだろう？　そのせいで何日も無気力になっていた。君をそんな状態から救い出すには、こうするのがいちばんだと思ったんだ。チャップマンがあんな女性を連れてくるとは、夢にも思わなかった」

　エスメラルダは遅まきながら気がついた。「先生はずっとわかっていらしたんでしょう？　彼が私のことなんかこれっぽっちも好きじゃないと。なのに、どうして彼に来いと言ったりしたんですか？」

「僕の直感が間違っているかもしれないじゃないか。それに、チャップマンにもチャンスを与えるべきだと思った。君だって永遠に待ちつづけるわけにもいかないだろう。彼には電話で手術の成功を知らせたんだが、君への手紙が来ないようだから、手紙を書くように頼んだ。君を元気づけるためにと。彼は代わりに電報をよこした。そのあと、ロンドンの病院に所用で出かけた折に彼を見かけたから、君の見舞いに来たらどうかと提案したんだ。そのとき、あの女性のことも耳に入ったが、どの程度のつき合いかはわからなかった。さっきも言ったとおり、一緒に来るとは思いもよらなかったんだ」

「彼が私を愛していないことは確信していらしたみたいですね」

「ああ」バムストラ医師は力なくほほえんだ。「彼が君を愛していたなら、手術のときもここへ来て、僕の執刀を逐一監視していただろう。暇さえあれば君を訪ねて、病室を花でいっぱいにしていたはずだ」

威厳のある外見にそぐわず、バムストラ医師は案外ロマンチックなところがあるらしい。だが今、エスメラルダの頭の中は自分のみじめな失恋のことでいっぱいで、それについて深く考える余裕はなかった。「彼は忙しかったんです」弱々しく反論した。

「ふざけるな」バムストラ医師が思いがけず語気を強めたので、エスメラルダははっとして彼の顔を見た。ふだんの優雅さにはおよそ似つかわしくない言葉だ。彼女は思わず笑った。その笑いはなぜか数秒後には涙に変わっていた。

「私、どうしたらいいの？」すすり泣いているといつの間にか椅子から引きあげられ、そっと抱き寄せられていた。

「このほうがいい」バムストラ医師は言った。「涙をこらえすぎるのはよくないからね。それにしても、このところの君はめそめそしてばかりだな。しかも僕がそばにいるときに限って。僕がいじめているんじゃないかと、看護師たちに誤解されそうだ」

その言葉があまりにばかばかしくて、エスメラルダはくすくす笑った。「ご親切にしてくださってありがとう。大丈夫、そのうちきっと気分も晴れます。

今はまだ悪夢みたいに感じられますけど」

「すぐに目覚めるさ。一つ約束してくれるかい、エスメラルダ？」

「さあ……私にできることなら」

「ひと晩ぐっすり眠れるような薬を処方するから、それをちゃんとのんでほしい」

「睡眠薬なんて、のんだことありません」

「知っているよ。だから約束してほしいんだ。のんだほうがいいと思わなければ、僕も勧めはしない」

　再び涙がこみあげてきて、エスメラルダは目をしばたたいてこらえた。「先生は本当におやさしいんですね」

「ティーモと呼んでくれ」兄のようにやさしい口調だったが、彼の瞳の輝きはそれとは別のなにかを伝えていた。

6

　その晩はとても眠れそうにないと思った。エスメラルダはバムストラ医師が処方してくれた睡眠薬をのみながら、今日の午後、オクタヴィウスが話し相手になってくれたときのことを思い出した。

　エスメラルダを元気づけるためか、オクタヴィウスは珍しく口数が多く、レイデンの歴史について語ったり、その晩モニークと映画を見に行く予定について照れくさそうに打ち明けたりした。彼はまた、今日バムストラ医師がユトレヒトに行く予定が遅くなり、午後の手術の予定を組み直さなければならなかったことを明かした。バムストラ先生が遅れたのは私のせいかしら？　エスメラルダはベッドの上で目をぱっちり開けて考えていた。

　気がつくと、窓から明るい日差しが差しこんでいた。アンナが片手に体温計を、もう一方の手に紅茶のトレイを持って立っている。エスメラルダは起きあがって、おはようと挨拶した。それから体温計をいったんは舌の裏に入れたものの、すぐに取り出し、驚きを言葉にした。「どういうことなのかしら。眠くなった記憶すらないのよ。完全に目がさえていたはずなのに、眠ったきり朝まで起きなかったなんて」

　アンナはにっこりした。「バムストラ先生のご判断は確かよ。夜中の一時にようすを見に来て、満足そうにしていらしたわ」

　エスメラルダは紅茶をカップについだ。「私、いびきをかいていた？」

「いいえ、よく眠っていただけよ」

　エスメラルダは体温計を舌の裏に戻した。ひと晩ぐっすり眠った効果はてきめんだった。もちろんまだ悲しみは胸に巣くっているし、これからしばらくこの状態が続くだろう。けれど、もう自暴自棄になったりはしない。レスリーのことを忘れるのは一生無理でも、彼とつき合っているときに思い描いた未来は、なんとか忘れることができそうだ。体温計の目盛りを見て平熱だと告げると、紅茶を飲みながらアンナに昨夜の病棟のようすを尋ねた。そしてアンナの話に熱心に耳を傾けつつ、すべてが無意味になってしまったのだという恐ろしいほどのむなしさを必死に抑えこんだ。

　エスメラルダはやがてそのむなしさに打ち勝ち、母がプレゼントしてくれた愛らしい刺繍《ししゅう》キットを取り出した。オランダの民族衣装に身を包んだ少女や風車の図案を、呼び鈴の引き紐《ひも》として使う幅広のリボンに刺していくのだ。母は、ずっと前からこういう引き紐が欲しかったのだと言っていた。エスメラルダはせっせと針を動かしながら、今度実家に帰るまでに必ず完成させようと心に誓った。目標を失ってしまった人生で、今はそれが唯一の目標だった。

　バムストラ医師が部屋に入ってきたときも、エスメラルダは刺繍に精を出していた。彼はにこやかに挨拶し、よく眠れたと聞いて安心したと言った。

「刺繍する姿がなかなか決まっているじゃないか。君には編み物は似合わないと思っていたよ」

　エスメラルダはくすりと笑った。「私もそう思っていました。もう編み物はやめます。このほうがずっと楽しいから」

「なにを編んでいたんだい？」

　エスメラルダは沈んだ口調で答えた。「セーターになる予定だったんです」

「カーディガンに変えて、ばあやのクリスマスプレゼントにするといい。あるいは僕に手袋を編んでくれてもいいな。冬場、犬を散歩に連れていくときに使うから」

　エスメラルダは、傷心をしばし忘れさせてくれるその話題に飛びついた。「犬を飼っていらっしゃるの？　何匹？」

「二匹だ。バセットハウンドと血統が不明の雑種」

「毎日散歩に行くお時間があるんですか？」

「たいていはね」

「とてもすてきなお住まいだと母が言っていました」エスメラルダはさぐりを入れてみた。

　バムストラ医師はほほえんだ。「それはうれしいね」しかし、すぐに話題を変えた。「足のピンだが、あさっての午前九時に抜き取るよ。その翌日には、君を家に送り届けるとラヴデイに話してある。君のほうに問題がなければね」

「もちろん問題なんてありません。本当にありがたいわ。でも、先生はお忙しいのに、ご迷惑じゃありませんか？」

「いや、どのみち、フリースラントには行くつもりだったんだ。しばらく顔を見せないと、タウケが不機嫌になるんでね」バムストラ医師は腕時計を見て、ドアに向かった。「今日は朝から手術なんだ」

残されたエスメラルダは、せっかくタウケが何者かさぐるための質問を考えていたのにと、がっかりした。

次にバムストラ医師に会ったのは手術室でピンを除去するときだった。

「ちょっとした違和感はあるかもしれないが、痛くはないよ」彼は手術台に横たわるエスメラルダに言ってから、オクタヴィウスとモニークに指示を出した。手術室の強いライトに照らされ、銀色の髪が輝いている。エスメラルダはそんな彼を見て、年を重ねたら威厳に満ちた姿になりそうだと考え、それから、今も十分威厳に満ちていると思い直した。

バムストラ医師は、腕のいい仕立て屋が最高級の絹地から待ち針をはずすような優雅さでピンを抜き取り、モニークがその跡に水絆創膏《みずばんそうこう》を塗っていった。すべて抜きおわると、彼は挨拶代わりにうなずき、手術室を出て、別の手術へ向かった。廊下をはさんで向かいにあるひとまわり大きな手術室からは、すでに準備をする物音が聞こえていた。

オクタヴィウスもバムストラ医師のあとに続いた。出ていくとき、エスメラルダにほほえみかけ、さらにまったく別の種類の笑顔をモニークに向けた。エスメラルダはそれを眺めながら、二人の恋が実って婚約に行き着くまでにさほど時間はかからないのではないかと思った。母国語で尋ねれば、モニークはいつも以上に気を許してくれるかもしれない。そう考え、覚えたてのオランダ語できいてみた。

「オクタヴィウスと結婚するの？」

〝婚約〟という言葉を使いたかったが、知らないのでそう尋ねるしかなかった。モニークはくすりと笑い、頬を赤らめてうなずいた。

「いつ？」エスメラルダは調子にのって続けた。

モニークはエスメラルダがオランダ語の初心者だということを忘れたのか、長々と説明したあと、結局は丁寧な英語でもう一度説明し直すはめになった。

エスメラルダは自分が患者というだけでなく、友人として見てもらっていると実感し、満ち足りた気分になった。病室に戻ると、丁寧に爪を磨いてから髪を洗って、濡《ぬ》れた髪にタオルをターバンのように巻いた。すでに昼食の時間が近づいているのに気づき、午前中を有意義に過ごせたことを誇らしく思った。

だがあいにくなことに、あまり空腹を感じない。そこでできる限り胃の中に入れてから、残りの食べ物を鳥たちに分け与えるべく、バルコニーの手すりに並べた。まだ時間は十分にある。今日は手術から戻ってきたばかりの患者がいるので、看護師のうち二人はそちらにつき添い、食事を配っているのは残る二人だけだ。

エスメラルダはトレイをサイドテーブルに戻し、再びバルコニーへ行って、忙しくじゃがいもや肉料理をつついている雀《すずめ》と椋鳥《むくどり》を眺めた。この病室は廊下のいちばん奥だから、看護師がデザートを運んでくるまでには料理はきれいに片づいているはずだ。

「僕でよかったよ。看護師だったら大変な騒ぎになっていたぞ」耳元でバムストラ医師の声がした。エスメラルダはうしろめたさからびくりとして、悲鳴をあげた。鳥たちが驚き、バルコニーの上の雨樋《あまどい》に飛び去った。

「見てよ、先生のせいだわ」エスメラルダは文句を言った。「こんなところで脅かしたら、はずみで転落してしまうかもしれないじゃないの！」そこで自分が相手にしているのはこの病院で重要な地位にある名医だと思い出し、あわてて言い添えた。「すみません、失礼な言い方をして。偉い方だというのをつい忘れてしまって」

「今まで口にしてくれた中では最高の言葉だな」バムストラ医師は言い、タオルに包まれたエスメラルダの頭に目をやった。「なぜそんなものを巻いているんだ？」

「髪を洗ったんです」

「そうか。爪先の具合はどうだい？　さっきも言ったが、徐々に動かすようにするんだよ」

エスメラルダは足を前に出してバムストラ医師に見せた。足の指をゆっくり動かしてみると、いとも自然に動いた。「ギプスが取れるまで、あとどれくらいですか？」

「ここまでくれば、さほどはかからない。ロンドンの病院に戻りたいかい？」

二人はバルコニーの手すりの前に並んでいた。バムストラ医師はエスメラルダのほうを見ず、前を向いたままだ。

「まさか！　ぜったいに戻りたくなんかありません。だってそうでしょう？　戻ったら当然顔を合わせることになるもの……そんなの耐えられない」

「僕の考えが浅かった。確かにそうかもしれない。だが幸い、先々のことを考えるには十分な時間がある」

ドアの開く音がした。バムストラ医師は看護師からデザートの皿を受け取り、テーブルに置いた。

「栄養たっぷりで消化もいい。胸躍るようなごちそうではないが、僕の顔を立てて食べてもらわないと困るよ」

エスメラルダはおとなしく椅子に座り、牛乳をゼラチンで固めたブラマンジェをスプーンですくった。バムストラ医師はいつものようにベッドの縁に腰を下ろした。

ブラマンジェをほとんど食べおえたとき、彼は静かに言った。「看護部長に僕から手紙を書いて、あと二、三カ月は病院の仕事は無理だから、君には足に負担のかからない仕事を勧めたと伝えておこうか？」

エスメラルダは最後のひと口をのみこんだ。「結局、ダンスは無理そうだってことですか？」

バムストラ医師は口元をほんの少しほころばせてから真顔になって答えた。「そういうことじゃない。僕がいいかげんなことを言う男だと思うかい？　僕が踊れると言ったら、必ず踊れるようになる」

「でも、この先どうしたらいいか……」エスメラルダは言いかけて口をつぐんだ。バムストラ医師にこれから先の人生のことまで心配させては申しわけない。

「さっきも言ったが、それについて考える時間は十分ある。また今度ゆっくり話し合おう」バムストラ医師は腰を上げた。「お茶のトレイを置いておくよ。僕はこれから、死ぬほど退屈な昼食会があるんだ。残念ながら代わりに食べてくれるような親切な小鳥もいない」

「羽の生えた鳥はいないでしょうけど、美しい雌鶏《めんどり》には事欠かないんじゃありません？　きっと楽しい昼食会になりますわ」

バムストラ医師はにやりとした。「明日報告するよ。出発は十時だ」

エスメラルダは温かい余韻に包まれて紅茶を飲み、そのあと荷造りに取りかかった。レスリーのことが頭に浮かびそうになるたびに、頑としてほかのことに思考を切り替えた。

アンナがようすを見に来たとき、荷物は全部持っていったほうがいいのかと尋ねた。アンナは当面必要でないものは置いていってかまわないと言った。

「どうせここに戻ってくるんだもの。ギプスをはずすとき、たぶん二日くらい入院することになるわ。

荷物はちゃんと預かっておくから大丈夫よ。バムストラ先生もそのほうがいいとおっしゃっていたわ」

　アンナが出ていったあと、エスメラルダは首をひねった。オージンガ邸で数日過ごしたあとどうするかはまだ決めていないし、当然、バムストラ先生も知らないはずなのに。今後についてこれまでろくに考えなかったのは、あまりにも悠長だけれど……。夕方、母に電話をしたときにそのことを相談すると、すべてティーモにまかせておけばいいと、母はのんきな返事を返した。

　翌日、バムストラ医師の車で出発すると、エスメラルダは待ちかねたようにその問題を持ち出した。

「お屋敷にはどれくらい滞在させていただくのがいいでしょうか？」

　バムストラ医師は道路に視線を向けたまま答えた。

「ラヴデイは一週間か十日と言っていたな。君がいたいだけいてほしいということだ。君が退屈しなければの話だが」

「退屈なんてとんでもない。そう言っていただいて、本当にありがたいわ。でも、いつまでも居座って、うんざりされないかしら。それに、そのあとどこへ行ったらいいんでしょう？　いったん実家に帰るべきかしら」

「君が望むならそうしてもいいが、いずれにせよ、またオランダに戻らなければならないよ。実は、一つ提案があるんだ。僕はレイデンの病院の近くに小さな診療所を構えている。看護師を二人雇っていて、一人には包帯の取り替えなど、治療の手伝いをしてもらい、もう一人には受付を担当してもらっている。それで、もう何年も受付をしてくれているウィリが、オーストラリアにいるお兄さんを訪ねたいからと、しばらく休暇を取るんだ。一カ月か一カ月半ほど。そこで、彼女が休みの間、君にその仕事を頼めないかと思ってね。そうすれば僕も助かるし、君もギブスが取れるまでの間の暇つぶしになる。毎日ではないんだ。午前中病院で手術の予定が入っている日は、患者の予約は受けつけない。それ以外の日は午前九時から正午まで診察し、予約が多くてさばききれないときは、夕方に二時間ほど開けることもある」

「私、オランダ語がしゃべれないから……」

「それはラヴデイがなんとかしてくれるんじゃないかな。使う言葉は決まっているから、それだけ覚えれば対応できるはずだ。もう一人の看護師も手伝ってくれるだろうし。どうだい、やってみるかい？」

エスメラルダはすぐにイエスと答えたかったが、現実的に考えれば、いくつか問題がありそうだと気づいた。

「住む場所はどうするんですか？」

「ウィリは診療所の近くに小さな家を持っている。年配の伯母さんと一緒に住んでいるんだ。君が一緒に住むことに抵抗がなければ、だがね」

「なんだかできすぎた話ですね」エスメラルダは疑わしげに言った。

「確かに」バムストラ医師が平然とうなずいた。

「前にも言っただろう、僕は奇跡を信じるって」

「奇跡というより先生が手をまわして――」

バムストラ医師はエスメラルダの言葉をさえぎった。「疑うのならウィリにきいてみるといい」

エスメラルダは申しわけなさそうに言った。「すみません。いつも失礼なことばかり言って。先生にはとてもご親切にしていただいているのに……」彼女はギプスに包まれた足を見おろした。汚れを防ぐため、足先には綿のソックスをかぶせてある。愛らしいピンクと白のストライプのワンピースの裾からのぞいているギプスは、とりわけグロテスクに見えた。

「ティーモと呼んでくれ」

「ティーモ……でも、それはどうでしょうか」

「ファーストネームで呼ぶには、年を取りすぎているかい？」

「まさか。ただ、病院では高い地位にいらっしゃるし、私の主治医でもあるし……おまけに、その仕事を引き受けたら……」

「それでは、妥協案を出そう。病院や診療所の外にいるときはティーモと呼んでくれ」

「わかりました」

ティーモは途中のカフェでしばし休憩したあと、フリースラントに渡る締め切り大堤防《アフスライトダイク》へ車を進め、軽快に飛ばした。その間、ありとあらゆる愉快な世間話でエスメラルダを楽しませた。彼女はいつの間にかその話術に引きこまれ、レスリーのことや将来の不安について考える暇もなかった。

二人はラヴデイとアダムに温かく迎えられ、古めかしくも美しい屋敷に招き入れられて、久しぶりに赤ん坊のアダムの顔を見た。そのあと一同は、エスメラルダの手術した足を見に集まった。

「とてもきれいな仕上がりだ」アダムが言い、やさしいまなざしをエスメラルダに向けた。「あと数週間で、こいつともおさらばできるよ。さすがにティーモの作品は見事だな」

笑いのあふれる食卓で昼食を楽しんだところで、ラヴデイが尋ねた。「皆さん、今日の午後のご予定は？」

ティーモはチョコレートスフレの最後のひと口を口に運んでから答えた。「とくに計画がないなら、僕の家へ行こうと思うんだ。エスメラルダをタウケに会わせるいい機会だからね」

全員の視線がエスメラルダに集まった。彼女は小声で同意しつつも、とまどっていた。ようやく好奇心が満たされるというのに、なぜタウケという女性に会うのがこんなにも気が重いのかしら？　話をそらそうと、ティーモから提案された看護師の仕事についてラヴデイとアダムに報告した。そして、気がつくと返事をしていた。「私、やってみようと思っているの」

ラヴデイの美しい顔に驚きの表情が浮かんだ。

「すばらしいアイデアだわ。エスメラルダも時間をむだにせずにすむし、ティーモも助かるものね。でも、ここには少なくとも一週間はいてくれるんでしょう？」彼女は問いかけるようなまなざしをティーモに向けた。

「そうだな……ウィリは一週間後の日曜日に出発することになっている。土日は原則的に診療は休みだから、エスメラルダには再来週の月曜日から働きはじめてもらえばいい」

ラヴデイは日数を指折り数え、満足げに言った。

「まる八日ということね。オランダ語を少しは覚えた、エスメラルダ？」

エスメラルダは額にしわを寄せて考えた。「知っている単語はせいぜい四十くらいよ。あとは基本的な文が二つ三つだけだわ」

ラヴデイがうなずく。「まずは曜日と月、それに時刻、数字……」

「バムストラ先生はお出かけですか？」アダムが口をはさんだ。

「バムストラ先生はいらっしゃいますか？」ティーモも一緒になって会話例を口にした。

ラヴデイはエスメラルダと顔を見合わせてくすくす笑ってから、真顔になって言った。「皆さん、静粛に！　エスメラルダは頭の回転が速いから、基本的な言いまわしならたちまち身につけるわ。それじゃ、この問題は解決ね。居間でコーヒーを飲みましょう」彼女はエスメラルダと腕を組んで歩きながら、さっそく曜日から教えはじめた。うしろに続く二人の男性は、満面の笑みを浮かべていた。

「ご自宅は遠いんですか？」三十分後、再びティーモの車の助手席に座ったところでエスメラルダは尋ねた。車は運河と草原にはさまれた気持ちのいい田舎道を進んでいく。

「十五キロほどだ。湖のほとりにあるから、よくヨットに乗っているよ」

「私は船ではまったくの用なしです」エスメラルダはふと思い出した。「ねえ、バム……いえ、ティーモ、犬はどこにいるんですか？」

「レイデンの近くの自宅だよ。いつもは連れてくるんだが、今回はラヴデイの家で過ごすことが多いんじゃないかと思ってやめておいた。そのうち紹介しよう。二匹ともとても賢いんだ。ハンナにずいぶん甘やかされてはいるがね」

今度はハンナ？　いったい何人の女性をまわりに置いたら気がすむの？　エスメラルダはいらだちを覚えた。もっとも、タウケの正体は間もなく明らかになるはずだ。

車は運河を越え、小さな森を抜けてから、手入れの行き届いた私道に入った。ほどなくして、かなり大きな建物が眼前に現れた。屋根には優雅な切妻があり、二羽の白鳥の彫刻を頂いている。外壁は赤煉《あかれん》瓦《が》で、塗装は真新しい。きれいに磨きあげられた窓が日差しを受けて輝いている。運転席に目を向けると、ティーモは満足げな表情で屋敷を眺めていた。その瞬間、ここが自分にとっても見知らぬ屋敷ではなく、愛着のある我が家のように感じられた。

ティーモの手を借りて車を降りると、とても背の高いやせた女性が玄関のドアを開けた。黒い服を着て真っ白なエプロンをつけ、銀髪を引っつめにしたその女性は、なにか言いながら車に近づいてきた。

「タウケだ」ティーモが言った。「フリースラント語で話している。ちょっと失礼するよ」

女性は、遠目には姿勢がよく、活発で若々しい印象だったが、近くで見るとかなり年配のようだ。腕を大きく振りながら話し、ティーモと声を合わせて笑ってから、エスメラルダに笑顔を向けて、骨張った大きな手を差し出した。

　挨拶の言葉は、エスメラルダには理解できなかった。

「はじめまして《アーングナーム》」エスメラルダのたどたどしいオランダ語を聞き、タウケはまたにっこりした。そのやさしい笑みに、故郷のトムズが思い出された。

「タウケだよ。僕の乳母だった人で、今はこの家の家政婦をしてくれている。ほとんどフリースラント語で通しているが、オランダ語も話せるから、君もできるだけ会話をしてみるといい」

　ティーモはタウケとエスメラルダの肘を取り、屋敷の中へと導いていった。外観はどちらかといえば簡素だが、中の印象はまったく違っていた。黒と白のタイルの床と漆喰《しっくい》の壁を背景に、何十年もかけて磨きあげられたオーク材のどっしりした家具が並んでいる。広々した玄関ホールに続き、居間も同じように美しかった。ティーモはエスメラルダに椅子を勧め、タウケになにか言ってから、彼女の近くに腰を下ろした。

「私が想像していたのとは少し違います」エスメラルダは言った。

「タウケもかい？」ティーモが愉快そうにきく。

　エスメラルダはワンピースを丁寧に撫《な》でつけてからまっすぐに彼の目を見た。「お会いするまでは、先生の奥様だと思っていたんです。でも、考えてみればそんなはずありませんよね。先生の本宅はレイデンの近くでしょう？　さっきハンナというお名前を口にされていましたけど、その方が奥様？」

　ティーモはゆったりと椅子の背にもたれた。「結婚していると、だれが言ったんだい？」

　エスメラルダは目をそらさずに答えた。「別にだれに言われたわけでもありませんけど、そうなんじゃないかと思って」

「ハンナはレイデンのそばの住まいの家政婦をしてくれている。結婚はしていないよ、エスメラルダ」

その言葉を聞いたとたん胸にわきあがってきた喜びが思いのほか大きくて、エスメラルダは驚いた。

「ご予定もないんですか？」少し大胆になって尋ねた。

「実を言うと、できればすぐにも結婚したいと思っているんだ」

喜びがいくらか薄れた。エスメラルダは視線をそらし、広い窓の外の景色に向けて、ぼんやりと言った。「きっと幸せになられるでしょうね」

ティーモの形のいい口元がほんの少しほころんだ。

「ああ、そう思う。ところで、君が仕事を引き受けてくれてうれしいよ。勤務時間やら給与やら、基本的なことを話し合わなければならないな」

「お給料なんていりません。お気遣いはありがたいけれど、お金なら十分ありますもの。ついこの間も母にもらったばかりですし」

「それはそうだろうが」そのとき、大きな黒い犬が部屋に入ってきて、ティーモのそばに寄った。彼に撫でられて尻尾を振りながら、けげんそうな目でエスメラルダを見ている。「タウケの飼い犬で、ピムというんだ」

ティーモに小声で命じられ、ピムはエスメラルダに近づいてきた。彼女が手を差し出すと、ピムは少し頭を下げ、おとなしく耳を撫でられた。

「仕事ということにしないと、お互いにかえって気を遣うんじゃないのかな。やはり、妥当な額の時間給は支払ったほうがいいだろう」ティーモはエスメラルダの返事を待たずに続けた。「これで一件落着だ。タウケが飲み物を持ってきてくれた。これを飲んだら、少し庭でも散歩しないか。そのあとお茶を飲んでから、夕食に間に合うようにオージンガ邸へ戻るとしよう」

気持ちのいい午後だった。エスメラルダはティーモのたわいない話に耳を傾けながら、安らいだ気分で広い庭を歩きまわった。お茶の時間には、ここしばらくなかったほどの食欲がわいていた。

オージンガ邸に戻ると、愛らしい内装の寝室で着替えをすませた。今も心のどこかに悲しみは残っているものの、初めに感じていた刺すような痛みはだいぶ薄らいでいる。エスメラルダは丁寧に化粧をし、シンプルな薄緑色の絹のロングドレスに身を包んで、この夜を精いっぱい楽しもうと階下へ下りていった。

実際、楽しい夜だった。おいしい夕食のあと、四人でモノポリーのゲームに興じた。やがて、ティーモがそろそろ帰る時間だと腰を上げた。「エスメラルダに玄関まで送ってもらおう。もう二時間もじっと座ったままだから、少し動かなくては」

そこでエスメラルダはティーモと並んで部屋を出た。開いた玄関のドアの前まで来ると、心地よい夏の夕べの景色を眺めた。「すてき」彼女はあたりに漂う香りをかいだ。「薔薇《ばら》とバーベナと、あとなんという名だったか、夜に香る白い花の香りがするわ」

「君のお母さんの庭もとても美しかった」ティーモはのんびりとドアにもたれ、急いで出ていく気配はない。

「ええ、結婚当初、父と二人で設計して、それ以来まったく変わっていないんですって」沈黙が落ち、なんとか埋めなければとエスメラルダはまた口を開いた。「もう一つのご自宅にもお庭があるんですか？」

「ああ、これほど大きくはないが。暇なときは、あちこち掘り返しているんだ。植物を植えるのが好きでね」ティーモは少し姿勢を変えた。「ここで一週間、楽しく過ごせそうかい？」

「ええ、それはもう、おかげさまで」エスメラルダは力をこめて言った。

ティーモは彼女にほんの少し近づいて足をとめた。

「それはよかった。今のうちに楽しんでおくといい。僕の診療所ではこき使われるからね。そうだ、まだ契約のしるしを交わしていなかった」

そう言うとすばやくエスメラルダを抱き寄せ、少し長めのキスをした。次の瞬間には、階段を駆けおり、車へ向かっていた。ティーモが肩越しにかけたおやすみという挨拶は、芳しい夜気にのって彼女のもとへ届いた。

7

翌朝、愛らしい部屋の豪華なベッドで目覚めたエスメラルダは、しばらく昨日の出来事について考えていた。ティーモが結婚していないという事実は意外だった。結婚しているものと決めつけていたのも愚かと言えば愚かだけれど、それはおそらく、彼が幸せな既婚者特有の落ち着きと親しみやすさをそなえているからだろう。まあ、いずれにしても、私にはなんの関係もないことだわ。

エスメラルダはティーモが結婚する予定の女性に会ってみたい気持ちをひとまず棚上げにし、もっと切実な自分の将来について考えることにした。母は、しばらく実家で過ごし、ゆっくり仕事をさがせばいいと言ってくれているが、今感じているのは、もう一度だけレスリーに会いたいという浅はかな衝動だけだった。できれば大きなダンスパーティかなにかがあるといい。そこで、美しく華奢《きゃしゃ》な靴をはき、一曲残らず踊ってみせるのだ。どの女性よりもうまくというわけにはいかなくても、両足で軽やかにステップを踏むくらいのことはしてみせよう。それを見ればレスリーだって、失ったものの大きさを思い知るに違いない。もちろん、ばかげた願いだというのは自分でもわかっている。

　朝の紅茶を飲んだあとも、相変わらず空想にふけっていた。ラヴデイがようすを見に来なかったら、一日じゅうでもそうしていただろう。「朝食は一時間後よ」ラヴデイは朗らかに言った。「アダムと私はそのあと教会へ行くけど、あなたは来ても楽しくないかもしれないわね。十一時にはティーモが来る予定なの。彼の通う教会はなぜか、こっちより一時間早く礼拝が終わるのよ。彼が来るまでに私たちが戻らなかったら、あなたがお相手をしてあげてね」

　ラヴデイはにっこりして部屋を出ていった。

　主寝室に戻ったラヴデイはアダムに言った。「やっぱり教会には来ないそうよ。どうせお祈りの言葉もわからないからつまらないだろうって言ったの。ティーモが十一時に来ることも伝えておいたけど、あまり興味はなさそうだったわ」

「ラヴデイ」アダムが言った。「彼女の立場に立って考えてごらん。恋していた相手に、手ひどくふられたんだ、すぐにティーモに夢中になれと言っても無理だろう」

　ラヴデイは髪をとかしはじめた。「ああ、アダム、うまくいかなかったらどうしましょう？」

　アダムは彼女の手からブラシを奪い、キスをした。「君は大事なことを忘れているよ。ティーモはこうと決めたら必ずやり遂げる男だ。僕の目には、もうずいぶん前に覚悟を決めているように見えるがね」

ラヴデイはいとおしげに夫を見つめた。「そうよね、アダム。やっぱりあなたと話すと落ち着くわ」

屋敷に残されたエスメラルダは、ときおりキッチンから物音が聞こえるだけの静かな室内をゆっくり見てまわった。肖像画やキャビネットの中の食器を眺めるのにも飽きると、今度は庭に出た。まだ十時を少しまわったところで、ティーモがやってくるまでには時間がある。幾何学的に造られた整形式庭園を横切り、奥にある小さな門をくぐった。林の中の細い道を抜けるとまた門があり、その外は森に囲まれた田舎道だった。

木陰の涼しさの中で、エスメラルダは夏の音に耳を傾けた。すると、なにか気になる物音がした。耳をそばだててみると、小さな泣き声のようにも聞こえる。どの方向から聞こえてくるか判断するのはむずかしかったが、左だろうと目星をつけ、ゆっくり進みながら木々の間をのぞきこんだ。さほど行かないうちに、声の正体がわかった。女性が一人、茂みの中に倒れていた。粗末な服装で、汚れにまみれてはいるものの、若く美しい女性だった。眠っているように見える。泣き声は、その女性が抱いている赤ん坊から発せられていた。

「なんてこと!」エスメラルダは驚きの声をあげ、腰をかがめて間近で見た。女性は息をしているが、呼吸は遅く、いびきのような雑音が混ざっている。顔色もひどく悪い。「薬物中毒かしら?」声に出して自問し、今度は赤ん坊に目を移した。とても小さい。まだ生後一、二週間といったところだろう。母親と同じように汚れにまみれている。訴えかけるような弱々しい声から察するに、かなり空腹で、もう泣く力も残っていないようだ。エスメラルダは赤ん坊をそっと抱きあげ、どうすべきか考えた。

まずはこの子を屋敷に連れて帰り、ほかのだれかに女性を助けに来てもらおうか？　でも万が一、女性が目を覚まし、赤ん坊がいないと気づいたら、必死にさがそうとしてもっと具合が悪くなってしまうかもしれない。かといって、一人では女性を運ぶのは無理だ。このまましばらくこの二人のそばにいて、だれかが通りかかるのを待ったほうがいい。もうすぐティーモが来るはずだけれど、私が裏口から出たことはだれも知らないから、彼がこちらへやってくる可能性はゼロに等しい。

五分ほど経過した。その五分はあまりにも長く感じられた。女性はまったく動かず、赤ん坊はエスメラルダの小指を吸いながらうとうとしている。「どうか、ティーモがいつも言っている奇跡が起こって、今すぐ目の前に現れてくれますように」エスメラルダは切実な願いを声に出した。

すると、まるでおとぎ話の魔法のように、次の瞬間、だれかの口笛の音が聞こえてきた。《また会いましょう》のメロディだとわかり、その口笛の主がだれかを確信した。

「ティーモ！」エスメラルダは精いっぱい声を張りあげた。

口笛がやみ、ティーモの声が聞こえた。「今行く！」十秒もたたないうちに彼は門から現れてエスメラルダのもとへとやってきた。「ずいぶん小さな赤ん坊だな」彼はいつもどおりの落ち着いた口調で言い、赤ん坊の顔をのぞきこんだ。エスメラルダは心底ほっとした。彼は一から十まで説明しなければ行動に移らないような男ではない。「脱水症状だ」続いて女性に注意を向け、まぶたを裏返しながら尋ねた。「ずっと意識がないのかい？」

「ええ。脈もゆっくりだし、体も冷たいんです」

「薬物依存症かもしれないな」ティーモはエスメラルダのほうを見た。「君は大丈夫だね？」

エスメラルダはうなずいた。「私はなにをすればいいですか？」

驚いたことに、次の瞬間、ティーモは身をかがめ、エスメラルダの頬にやさしいキスをした。「君はなんて思慮深いんだ」

こんな状況にもかかわらず、エスメラルダはかすかないらだちを覚えた。〝思慮深い〟なんて、およそ華やかさとは縁遠い言葉だわ。私自身、華やかさとは縁遠いからしかたないけれど……。

「そのかわいそうな子をこっちによこして」ティーモが言った。「僕はいったん屋敷に行って、病院に電話してから、また戻ってくる。長くても十分だ。そのあとは救急車が来るまで、僕がこの女性についているから、今度は君が屋敷に入って、赤ん坊が最も必要としている手当てをしてやってくれ。シースカに、砂糖と塩を混ぜた湯冷ましを哺乳瓶に用意するよう頼んでおこう」

ティーモは赤ん坊とともに立ち去った。

女性の顔はさっきよりさらに血の気を失っている。エスメラルダは彼女のそばに腰を下ろし、呼吸と脈をチェックした。むき出しの腕は相変わらず冷たく、じっとり湿っている。こんな状況でなかったらくつろげたはずの心地よい木陰だが、ティーモの姿が見えなくなってしばらくたつと、エスメラルダは不安にさいなまれた。「先生、早く戻ってきて」声に出して言った。

「これでも精いっぱい急いだんだ」エスメラルダの背後からティーモの声がした。「近道までしてね」彼は木《き》苺《いちご》の生け垣をまたぎ、大股に近づいてきて、女性のほうにかがみこんだ。「もう行っていい」彼は顔を上げずに言った。「赤ん坊はシースカと一緒に玄関わきの小部屋にいる。タオルにくるんで、君が来るまでは触れないように言ってある」

ティーモは腰を上げ、エスメラルダが立ちあがるのに手を貸してからまた女性のほうにかがみこんだ。

エスメラルダは屋敷へ急いだ。

赤ん坊はとても静かだった。エスメラルダはシースカに、湯冷ましを入れた哺乳瓶とショールを持ってくるよう頼んでから、赤ん坊がくるまれている不潔な布切れを一枚一枚はいでいった。皮膚はもっと汚れていた。できるだけ汚れを落としてから、タオルとシースカが持ってきてくれたショールでくるみ、湯冷ましを飲ませた。赤ん坊はいっきに飲みほし、もっと欲しいと泣きだした。エスメラルダがなだめていると、ティーモがドアから顔を出した。

「女性は救急車に乗せた。今、この家の正面にまわってくる。僕はこれから二人につき添ってレーワルデンへ行く。赤ん坊は男の子、女の子？」

「男の子です」エスメラルダはショールの間からのぞいているしわだらけの顔を見おろした。「汚れを落としたら、とてもかわいい子だとわかりました。こんなひどい目にあわせるなんて、どういう事情があるのかしら」

「無関心、貧困、絶望」ティーモは言った。エスメラルダが目を上げると、彼の顔に浮かんでいたのは、これまで見たことのない表情だった。情愛？ 興味？ 読み解けないでいるうちに、彼の顔はまたふだんどおりの落ち着いた表情に戻った。

ティーモはあとで電話をすると言い、赤ん坊を抱いて出ていった。エスメラルダは赤ん坊が着せられていたぼろ切れを集めながら、これは燃やしたほうがいいと思った。私もシャワーを浴びて着替えなければ。着ているワンピースがひどく汚れていることに、そのとき初めて気づいた。

やがて、アダムとラヴデイが帰宅したところで、エスメラルダは事の次第をひととおり説明した。話がすむと、アダムが言った。「君がその女性と赤ん坊を見つけてくれてよかった。ありがとう。君は本当に思慮深い」

またしても男性に思慮深いとほめられたわ。エスメラルダは内心いらだったが、アダムの次の言葉を聞いてほほえんだ。

「女性というのは、赤ん坊を泣きやませる方法を本能的に心得ているようだな」

ラヴデイが言った。「息子のアダムのことも気にかけてくれてありがとう」

「いえ、気がついたのはティーモなの。屋敷のスタッフ全員に注意したみたい。私の見た限りでは、なにかに感染しているようには見えなかったけれど、気をつけるに越したことはないものね」

昼食の前にティーモから連絡があった。電話を受けたアダムは、女性が意識を取り戻し、ティーモに事情を話したことを伝えた。彼女は結婚せずに妊娠したため、親から見捨てられて家出をし、ハルリンゲンの姉を頼って行く途中だったという。今は母子ともに集中治療室で手当てを受けているそうだ。

「ティーモはまだ手続きが残っているらしい。帰りは早くても夕方になるそうだ」

「そんな、せっかくうまくいきかけて……」ラヴデイが言いかけてから言葉を切った。「今日はおいしいランチを用意できると思っていたのに」

一日は穏やかに過ぎていった。エスメラルダは赤ん坊のアダムと遊び、庭を散歩し、テラスで紅茶を飲んだ。

夕食の席で、ラヴデイが朗らかに言った。「ティーモは、今夜はもう戻ってこられないでしょうね。明日の朝、手術の予定が入っているんでしょう?」

アダムが平然と答えた。「ああ。それでも、電話くらいしてくるだろう」

食事がすみ、エスメラルダがいったん席を立ったとき、ラヴデイはここぞとばかりに夫に噛《か》みついた。

「あなたときたら、なぜそんな平気な顔をしていられるの? まる一日むだになってしまったのよ。せっかく二人で過ごせると思っていたのに。これじゃまるで、運命があの二人を……」

アダムは妻にやさしくキスをした。「僕だって喜んでなんかいないさ。ただ、とくに心配はしていないだけだ。君が口にすると〝運命〟という言葉が悲劇的に聞こえるが、ティーモならそれさえもうまく味方につけることができるんじゃないかな」

そして、戻ってきたエスメラルダに、オランダ語の知っている単語を全部言ってごらんと提案した。そうすればラヴデイもどのあたりから教えはじめたらいいかわかるからと。三人がレッスンに夢中になっているとき、ティーモが部屋に入ってきた。急ぐでもなくゆったりした足取りで近づいてくる彼を見て、エスメラルダは少々むっとした。

「夕食は？」ラヴデイが尋ねた。

「病院ですませてきた。コーヒーをもらえるとうれしいね。遅くなってすまなかった」

「ひととおり片づいたのか？」アダムが尋ねる。

「ああ、二人とも順調に回復している」ティーモはエスメラルダにほほえみかけた。「今、オランダ語を話していたのかい？」

「お気づきになりました？」エスメラルダは冷ややかに言った。「だったら、思ったより上達しているんですね」

ティーモは一時間ほどで帰っていった。しかもその一時間のほとんどは、診療所での仕事についての説明に費やされた。帰り際、彼は立ちあがって言った。「今度の日曜日に迎えに来るよ」そしてラヴデイのほうを見た。「かまわないかい？」

「もちろんよ。ランチはここで食べていってちょうだいね」ティーモはラヴデイの頬にキスをしたが、エスメラルダには軽く手を振っただけだった。エスメラルダが挨拶代わりにそっけなくうなずくのを見て、彼は愉快そうに目を輝かせた。

その夜、ベッドに入るとき、エスメラルダはティーモがあの母子について詳しく話してくれなかったことを不満に思った。見つけたのは私なのに。私はそんなことに興味がないと思っているのかしら。

眠りに落ちる直前、そういえば今日一日、一度もレスリーのことを考えなかったと気づいた。

ときおりスネークやレーワルデンに出かけることはあっても、おおむね静かな一週間だった。エスメラルダは刺《し》繍《しゅう》をしたり、赤ん坊のアダムと遊んだり、オランダ語のレッスンを受けたりしながら過ごした。再び日曜日がめぐってくるころにはラヴデイも、これなら十分診療所でやっていけると太鼓判を押してくれた。エスメラルダの頭の中はオランダ語会話でいっぱいで、レスリーのことが思い浮かぶ余地などまったくなかった。

日曜日、ほかのみんなが教会へ行ってしまったあと、エスメラルダが前庭の芝生で赤ん坊のアダムと遊んでいると、ティーモの車が現れ、すぐそばにとまった。車から降りてきた彼はエスメラルダに歩み寄りながら、いつもどおりの気さくな口調で挨拶した。「みんなは教会？　アダム坊やのご機嫌はどうだい？」

「とってもいい子にしているわ」

ティーモは隣に腰を下ろし、エスメラルダにほほえみかけた。「君が見つけた赤ん坊は一・五キロもふえて、あんな目にあったのが嘘《うそ》のようだよ」

エスメラルダも満面の笑みを浮かべた。「よかった。母親のほうは？」

「ほぼ全快というところだ。君は二人の命の恩人だな、エスメラルダ」

「私はなにもしていません」エスメラルダは照れくさそうに応じた。

「会ってみたいかい？　君がその気なら、昼食のあとで寄ることもできる」

　胸の奥底から喜びがわきあがってきた。「本当？　ええ、もちろん会いたいです」

　ティーモは足の調子についてきいてから、オランダ語のレッスンの進み具合を尋ねた。

　エスメラルダはくすりと笑った。「ラヴデイは大丈夫だと言ってくれるけど、アダムは私のアクセントを聞いて笑うんです」

「楽しい一週間だったようだね？」

「ええ、とっても」エスメラルダは少し口ごもってから尋ねた。「ねえ、ティーモ、こうして迎えに来てくださるのはとてもありがたいけれど、お休みがまる一日つぶれてしまいます。結婚する相手の女性は気になさらないの？」

　ティーモは芝生に寝ころび、空を見あげている。

「彼女はとてもいい人だからね」

「そうでしょうね。私だったらきっと不満に思うわ」エスメラルダは実家で母親と過ごしている間、レスリーが見知らぬ女性を車で遠くへ送り届けることを想像してみた。一瞬、いやな気分になりかけたものの、ティーモの言葉ですぐに現実に引き戻された。

「荷造りはすんだかい？　病院に取りに行きたいものは？」

「とくにありません。ウィリの伯母様という方は、私が居候させていただいても本当にかまわないのかしら？」

「とても喜んでいるよ。一人で暮らすのは寂しいんだそうだ。今日じゅうに荷物を運びこめば、明日の午前中にゆっくり片づけることができる。明日の朝は手術だから、最初の患者が診療所に来るのは午後二時の予定だ」ティーモはエスメラルダのほうを見た。「緊張しているのかい？」

「ええ、少し。でも、ギプスが取れて実家に帰るまでの間にすることができてうれしいわ」

「そのあとはどうするんだい？」

「実家で一週間ほどのんびりしてから、ほかの仕事をさがすつもりです。スコットランドなんていいんじゃないかと思うんですけど」

ティーモはうなずいた。「ずいぶん遠くを選んだな。しかしその前に、一度か二度は踊りに行ってみてほしいね」

そうよ、ジーナ・フラッティニのドレスと、とびきり美しい夜会用の靴を買おう。たとえ三カ月分のお小遣い全部をつぎこむことになろうとも……。エスメラルダは瞳を輝かせ、軽い口調で言った。「ええ、もちろん。まず最初に先生と踊りたいわ」

「よし、君が言いだしたんだから、覚えていてくれよ」ティーモはのんびりした口調で言うと、赤ん坊のアダムに指をつかませて遊んだ。

にぎやかな昼食のあと、二人は出発した。時間を見つけていつでも遊びに来てほしいと夫妻は言った。

「お母様は今夜こちらに電話していらっしゃるかしら？　それとも、今日出発するということはもう話した？」ラヴデイが尋ねた。

「今朝電話して話しておいたわ」エスメラルダはラヴデイにほほえみかけた。「お二人ともすてきな時間をありがとうございました。病院で働いていると、こういう人間らしい暮らしを忘れてしまって」

「たまには病院から離れてみるのもいいものね。お仕事、がんばって。ティーモにいじめられても負けないでね」

暖かい日だった。エスメラルダは花柄のボイル地のワンピースで精いっぱいおしゃれをし、ティーモの車の助手席に座っていた。オージンガ一家と別れるのがとても寂しく感じられた。そのとき、もう一人の赤ん坊のことを思い出した。「病院を出たら、あの母子はどこへ行くのかしら」

「お姉さんが喜んで面倒を見ると言っているよ」

「でも、そんな余裕があるんでしょうか」エスメラルダは目を伏せ、おずおずと言った。「もしも私でよければ……」

「とてもやさしい気遣いだと思うが、その件はもう解決しているから心配いらない」

「ああ、この国にも社会保障制度があるんですね」

「まあね」

車はあっという間にレーワルデンに到着し、現代的な病院の前にとまった。

ティーモの言うとおりだった。ベビーベッドに寝かされた赤ん坊は、頬がふっくらし、まるで別人のような変わりようだ。いかにも満ち足りた表情で眠っている。「これも君のおかげだよ」ティーモが言い、別の病棟にいる母親のもとへエスメラルダを案内した。若い母親は椅子に座っていた。清潔な服を着て、血色もよくなった今、美しさがいっそう際立っている。彼女は恥ずかしそうにほほえんで二人に挨拶した。こんなにいたいけな娘を助けてやらないなんて、いったいどんな親なのだろう？ エスメラルダは改めて不思議に思った。そこへ、彼女の姉という人が入ってきた。そのしっかりしたようすを見て、エスメラルダはほっとした。

ティーモとエスメラルダはしばらくして病室を出た。「お姉さんはとてもいい人そうですね。彼女ならちゃんと面倒を見てくれますよね？」

ティーモはいかにもさりげなくエスメラルダの腕を取った。「ああ。妹は気立てもよくてきれいだが、ちょっと純粋すぎるところがある。姉のほうは堅実な仕事についてちゃんとしたフラットに住んでいるそうだから、心配はいらないよ。二人とも、君にくれぐれも礼を伝えてほしいと言っていた」

二人はティーモの家で紅茶を飲んだ。タウケははりきって世話を焼き、ティーモが次の週末もまた来るつもりだと言うと、いっそう喜んだ。彼はエスメラルダに説明した。「金曜日の午後にこちらで診察の予定が入っているから、ここで一泊して、土曜日にレイデンに戻ろうと思ってね」

「そうですか」エスメラルダはうなずきながらも、先生の私生活は私にはなんの関係もないのにと思った。おそらく礼儀上、話してくれているだけなのだろう。そのあとしばらくはたいした話もしなかったが、車がレイデンに近づくと、彼女は尋ねた。「ウィリの伯母様の家は診療所の近くなんですか？」

「ほんの数分だ」古めかしい家が立ち並ぶ横道をティーモは顎で示した。「その通りの先だよ」

エスメラルダはすでに通り過ぎてしまった角を見ようと振り返った。「ここは一方通行？」

「いや、ミセス・ツイストに会う前に夕食をすませておこうと思ってね」ほどなくして、ティーモは細いわき道へ車を進め、古い屋敷の前にとめた。

「レストランには見えませんけど」エスメラルダは車を降り、建物を見まわした。

「それはそうだ。ここは僕の母の家なんだ」

「お母様の？」エスメラルダは唖然《あぜん》とした。「でも、なぜ……先生もここにお住まいなんですか？」

「いや、母は独立心が旺盛で、一人で暮らしたいと言うんだよ。まあ、友人たちもみんな近所にいるし、僕の家もさほど遠くない」ティーモは笑った。「僕のところにもしょっちゅう遊びに来るよ。こっちの家にも、フリースラントの家にもね。母とは大親友なんだ」

ティーモがドアを開けると、背の高い高齢の女性が現れた。

「コリーだ。何年も母の世話をしてくれている。料理も家事も達者だが、母を甘やかすことにおいても一流だ。こっちへおいで」

ティーモはエスメラルダの腕を取り、廊下の左側の部屋へと導いていった。家の中は薄暗かったが、家具はどれも美しく、クッションやカーテンは宝石のような色彩であふれていた。絵画のように統一感のある光景の中で、老婦人が椅子から腰を上げた。小柄でほっそりしていて、銀髪によく似合う水色の服をまとっている。その老婦人がティーモの母親であることはひと目でわかった。グレーの瞳が息子とそっくりで、ゆったりとほほえみかける穏やかな表情までよく似ていた。

「エスメラルダと呼ばせていただくわね」息子のキスを受けたあと、ミセス・バムストラは言った。

「なんて美しい名前かしら。あなたの瞳の色にぴったり。息子はこの家の前に来るまで、夕食の予定を内緒にしていたようね」にっこりし、エスメラルダの手を取る。「こちらに来て、身なりを整えるといいわ」

　エスメラルダにはひと言も発する機会がなかったが、もとよりその必要もなかった。温かい歓迎を受けて、たちまちくつろいでいた。

　優雅な小部屋に入ると、ミセス・バムストラは言った。「整えると言ってもどこも乱れてはいないのよ。ただ私がじっくりお顔を見たかっただけ。かまわない？」

「ええ、もちろんです」エスメラルダはあわてて髪を撫《な》でつけた。実際はかなり乱れているに違いない。

「足のことは聞いているわ。ティーモは優秀でしょう？　あなたが機転をきかせてかわいそうな母子を助けた話も聞きましたよ」

「いえ、助けたというほどでは……。ちょうどバムストラ先生が通りかかったので、大声で呼んだだけで。あとは全部、先生がやってくださったんです」

　ミセス・バムストラはほほえんだ。「夕食のことで、ちょっとコリーと話をしてくるわね。一人で戻れる？」

エスメラルダはいと答え、手早く身なりを整えて居間に戻った。ティーモは彼の重みで今にも崩れそうな華奢なテーブルにもたれ、母親と話をしていた。エスメラルダの姿に気づくと出迎えて椅子に案内し、食前酒を手渡した。そのあと、どっしりした造りの椅子に腰を下ろし、しばらく話をしたが、自分の私生活や趣味にはほとんど触れなかった。

　エスメラルダがこの晩得ることができた情報はただ一つ、それもティーモの母親の言葉からだった。

「エラから電話があって、週末の予定を忘れないでと言っていたわ」きっとこのエラというのが彼の婚約者に違いない。フリースラントへ行くときに、彼女を連れていくのかしら？　だが、すでにミセス・バムストラは話題を変え、この屋敷について話しはじめていて、その疑問が解かれることはなかった。代々一族に伝わるとても古い屋敷なのだという説明に熱心に耳を傾けながら、エスメラルダの頭の片隅にはエラという名が引っかかっていた。

　夕食のテーブルはとても豪華だった。ダマスク織りのクロスの上に銀器が並び、磁器には繊細な模様が描かれていた。エスメラルダはおしゃれなワンピースを着てきてよかったと思いながら、おいしい料理を味わった。

　コーヒーを飲みおわると、二人はすぐに屋敷をあとにした。ミセス・ツイストは高齢なので、十一時には寝てしまうのだとティーモは言った。エスメラルダは彼の母親に食事の礼を言い、おやすみなさいと挨拶して車に戻った。立派な屋敷を訪れたあとで見ると、ミセス・ツイストの家はとても小さく思えた。白いレースのカーテンがかかった窓越しに、絵画や飾り皿で埋め尽くされた壁が見えた。

　ミセス・ツイストは二人を待ちかねていたと見え、ノックする前にドアを開けた。

「会えてうれしいと言っているよ」ティーモが通訳

した。「部屋の準備はできているから、あとは明日の朝、君の都合のいい時間に起きてからにしようということだ」

　部屋に荷物を運びこむと、ティーモはまた玄関に戻ってきた。狭い玄関は彼一人でいっぱいになった。

「とくに問題はないだろう。明日は一時半に来てくれ。ミセス・ツイストが診療所まで案内してくれることになっている」そして、エスメラルダの手を取った。大きながっしりとした手のぬくもりを感じていると、気持ちが落ち着いた。しかし毎度のことながら、エスメラルダが口を開いたときには、彼はすでにドアの外に消えていた。

「おやすみなさいも言っていないのに」彼女はぶつぶつつぶやいてから、バスルームの使い方を説明するミセス・ツイストの言葉に耳を傾けた。

8

　翌日は、あとになって思い返してみると、我ながらどうやって切り抜けたのか感心するほどあわただしい日だった。午前中はとくに問題はなかった。ミセス・ツイストの家の二階の自室で荷物を整理したあと、勧められて散歩に出かけた。戻ってきたときにはすでに昼食が準備されていて、かなりの量の料理を一緒に食べ、そのあとミセス・ツイストに連れられて診療所へ行った。

　看護師のシスケは、ミセス・ツイストが送り届けたエスメラルダを大切な荷物のように引き受けると、立派な古い邸宅の奥にある小部屋で白衣に着替えさせ、絨毯《じゅうたん》の敷かれた細い廊下を通って待合室へ案内した。

幸いにして、まだ患者の姿はなかった。エスメラルダはシスケがアクセントの強い流暢《りゅうちょう》な英語で教えてくれることを片っ端から頭に入れていった。ひととおりの説明が終わり、受付デスクについたとき、ティーモが現れた。仕立てのいいグレーのスーツに身を包んだ彼は、どこから見ても名医そのものだ。患者にしてみれば、骨の修復や整形という一大事を託そうというときに、ゆったりと構えている彼を見たら、心から安心できるだろう。事務的な口調でおはようございますと挨拶したエスメラルダは、ティーモがにっこりするのを見てかすかにいらだちを覚えた。

彼は待合室を横切り、奥のドアにいったん手をかけてからわざわざ戻ってきて尋ねた。「君のお母さんはなんと言っていた？」

「とても喜んでいました」

「それはよかった。実家に電話したくなったら、いつでもここの電話を使うといい」

毎度のことながら、礼を言おうと口を開いたときにはすでにティーモの姿はなかった。今の私を見たらレスリーはなんと言うかしら？　ふとそう思ったとき、最初の患者が入ってきた。

仕事はなんとかこなすことができた。大部分はあらかじめ決められた手順に従えばよかった。ティーモは、患者が診察室を出る前にそれぞれに関する必要事項をさりげなく知らせてくれた。そのおかげで、患者が受付デスクに戻ってくるころには、にっこりほほえみ、声をかけて、診察予約を記したノートに書きこみをするだけでよかった。

時間はあっという間に過ぎ、気がつくと待合室はからになっていた。シスケが診察室から出てきて、五時までは予約が入っていないのでお茶にしましょうと言った。三人はそろって受付デスクで紅茶を飲んだが、ティーモは飲みおえるとすぐに診察室へ戻ってカルテの記入を続けた。

　その日最後の患者が帰ったあと、エスメラルダは受付デスクの周辺を片づけ、私服に着替えた。シスケはすでに帰宅していたので、診療所を閉めようとしているティーモを待たせてはいけないと玄関へ急いだ。

　ティーモは戸口に立っていた。エスメラルダは息を切らし、明日はもっと手早く片づけますと言いながらギプスの足を必死に動かした。ドアから出ると、おやすみなさいと挨拶し、ミセス・ツイストの家へ向かって歩きだした。ティーモはすぐに彼女に追いつき、腕を取った。

「なかなかよくやってくれた」彼はうれしそうに言った。

「ありがとうございます。先生とシスケに助けていただいたおかげです。でも、送ろうなんて気遣いはいりません。道はもうわかりますし、先生もお忙しいでしょうから」

　ティーモはほほえんだ。「夕食の約束があるが、僕が遅れることに慣れている相手だからね」

　きっとエラに違いない。聖女のように寛大な女性だわ！　エスメラルダは思わずうめいてから、咳《せき》払いでごまかした。ろくに話す間もなく、二人はすぐにミセス・ツイストの家の前に着いた。ティーモは迎えに出てきたミセス・ツイストとエスメラルダに挨拶してから、来た道を戻っていった。

　翌日は午前中に診察があり、午後一時以降は休診だった。エスメラルダは、ティーモが診察室を出てくる前にこっそり帰った。それが正しいことかどうかはともかく、ギプスをつけているからといって毎日送ってもらうのは気が引けた。午後は母に手紙を書いたり、辞書や身ぶりの助けを借りてミセス・ツイストと会話をしたり、すっかり飽きている刺繍《ししゅう》を手に取ったりして過ごした。翌日の午後も休診だったので、ミセス・ツイストから頑丈な杖《つえ》を借り、近所の店を見に出かけた。

裏通りはでこぼこした石畳が歩きにくいものの、それさえ苦にならないのならすてきなアンティークショップがたくさんあると、ラヴデイから聞いていたのだ。エスメラルダは足元に注意しながら店をめぐり、母が好みそうな小物を二、三手に入れてから、紅茶を飲もうと表通りに戻った。

通りの角でどちらに行こうか決めかねているとき、突然ティーモの車が現れて、狭い道をふさいだ。乗りたまえと命じられ、遠慮しますと応じると、彼は言った。「ここにはとめられないから急いで」

ティーモがにっこりしてドアを開けたので、エスメラルダは助手席に乗りこむしかなかった。だが、そこではっと気づき、驚きのまなざしを彼に向けた。

「まさか、今日の午後は診察があったんですか？」

ティーモは笑い、大通りへと車を進めた。「いや、母のところに寄ったら、君をお茶に誘ってほしいと頼まれたんだ」

「私がここにいるとどうしてわかったんです？」

「レイデンはさほど広くはないし、ミセス・ツイストから、君がアンティークショップへ行ったと聞いたのでね」

ティーモの実家の前で車を降りると、エスメラルダは改めて古めかしい屋敷を眺めた。「シスケがお母様からの伝言を先生にお伝えするとき、ミセスに当たるメフロウとは呼ばずに、なにか別の言い方をしていたように思うんですが」

ティーモは手にした鍵束から一本を選び、ドアを開けた。「ヨンクフロウだ」彼はそっけなく言った。「だが、君はメフロウと呼べばいい」

「ヨンクフロウというのは？」エスメラルダはしつこく尋ねた。

「称号だ。ひと言では説明できない」

二人は玄関に入った。「お母様がヨンクフロウだから、先生がヨンクヘールなんですか？　それともその逆？」

ティーモは笑った。「そのうち時間があるときに説明するよ」そして、母親の待つ居間へエスメラルダを案内した。

セーブル焼きの陶器で紅茶を飲みながら砂糖をまぶした小さなビスケットをつまんでいるとき、ティーモが今夜はなにか予定があるのかと尋ねた。

「ラヴデイから借りたオランダ語会話の本と格闘しようと思っていますけど」

ティーモは、ゆゆしきことだと言いたげな表情でエスメラルダを見た。「それはまたずいぶん退屈な計画だな。実は君を夕食に誘いたいと思っているんだ。なんなら会話の本を持ってくればいい。オランダ語文法の面倒なところを解説してあげよう」

エスメラルダの胸に喜びの灯がともった。だが次の瞬間、エラという女性の存在を思い出し、その灯はかき消えた。彼女は手がかりを求め、この家の女主人のようすをうかがった。だが、ミセス・バムストラはただ落ち着き払った笑みを浮かべているだけで、珍しく黙ったままだ。エスメラルダはしかたなくティーモに尋ねた。「とてもありがたいお誘いですけど、本当にいいんですか？」

「もちろんだよ。行きがけにミセス・ツイストの家に寄って、その旨を伝えておこう」ティーモは立ちあがった。「二、三電話しなければならないところがある。少し待っていてくれるかい？」

ミセス・バムストラと二人きりになると、エスメラルダは世間話を始めた。しかし数分もすると、ミセス・バムストラが会話の主導権を握り、次々に質問を浴びせてきた。エスメラルダはこのままでは自分の半生について洗いざらい話すことになると思いつつ、守勢に立たされていたが、機を見て反撃に出た。「バムストラ先生が結婚していらっしゃらないなんて、なんだか不思議です」

ミセス・バムストラは目をぱちくりさせてから、うれしそうに顔を輝かせた。「あの子は、心から愛する相手とでなければ結婚しない主義なの。今まではそういう女性がいなかったのね。ここに来てようやくその気になったのかしら」そう言ってにっこりした。「ティーモはとてもいい夫になると思うわ」

エスメラルダは曖昧にあいづちを打ちながら、そのとおりだろうと思った。でも、彼にどれほどの長所があろうと、私には関係のないことよ。そう自分に言い聞かせていたとき、張本人が部屋に入ってきてほっとした。

二人はそのあとすぐに出発した。ティーモはミセス・ツイストの家に立ち寄ってから、デン・ハーグへ向かう道路へと車を進めた。けれど、フォールスコーテンを過ぎたところで、車は幹線道路からはずれ、木立に囲まれた細い田舎道へ入った。

エスメラルダは周囲を見まわした。「どこへ向かっているんですか？」

「僕の家だ」

「まあ、先生のお住まいはもっとレイデンの近くかと思っていました。もっとも、母からはなにも聞いていないんです。すてきなお宅だということしか」

「母子で話すことがほかにたくさんあったんだろうね」ティーモは落ち着いた口調で言った。車は小さな村の中を走っていった。赤い瓦屋根が西日を受けて輝いている。村のはずれに来ると、大きな四角い建物が眼前に現れた。長い私道の先に立つその建物は、白い枠のある大きな窓と、横幅いっぱいに造られた屋根つきのバルコニーが特徴だった。手前には濠《ほり》があり、湾曲した橋がかけられている。橋の欄干も、バルコニーと同じく優美な錬鉄製だ。

二つ目の門を過ぎ、短い車まわしを走っていると、エスメラルダは声をあげた。「お願い、ちょっととめてください。とてもすてきだからじっくり眺めたいんです」彼女は目を皿のようにして屋敷に見入った。「ここにお一人で住んでいるんですか？」

「そうだよ」

「すぐにも結婚して、子供を作らなくては」

「肝に銘じておくよ」ティーモは素直に言った。

「子供がいてこそ完成する家だわ。あと、驢馬《ろば》一、二頭と、犬と、猫と、お濠の家鴨《あひる》も！」

「家鴨ならいる」ティーモは、トランプで切り札を出すときのような得意げな口調で言った。

「それを聞いて安心しました」エスメラルダはにっこりした。「フリースラントのお宅もすてきだけれど、ここはなにからなにまで完璧です。静かで、平和で……」

「子供たちや驢馬や猫や犬が住むようになったらそうはいかない」

「なにをおっしゃるの！　私の言う意味、わかっていらっしゃるくせに」

「ああ、わかっているよ」ティーモは大まじめに言い、再び車を出すと、堂々たる玄関の前にとめた。左右に階段があり、ドアには古めかしい真鍮《しんちゅう》の装飾がほどこされている。まるで命を吹きこまれたかのようなその輝きを見て、この家の手入れをしている人はとても有能なのだろうと思った。

遠目に見るとわりに簡素な屋敷も、中はため息が出るほど豪華だった。玄関ホールに使われているタイルはオランダの古い建物の多くに見られる白黒のものだが、緑色に塗られた壁の腰板には模様彫りがほどこされ、その上にクリーム色の金襴《きんらん》の壁紙が張られていた。天井には天使や花輪の精緻な絵が描かれ、縁飾りは金色に塗られていた。中央から下がる優美なシャンデリアは、無数のキャンドルを抱いている。

一方の壁際には、イタリア製の椅子にはさまれるように、美しい彫刻や寄木細工で彩られた大きな収納棚が鎮座していた。もう一方の壁際には金箔《きんぱく》をほどこしたサイドテーブルと鏡が置かれている。そのどれもが、博物館で真紅のロープの向こうに飾られていても不思議がないほど価値あるものに見えた。だが、この家の持ち主はそういう見方はしていないらしく、自分の革手袋とエスメラルダの荷物を無造作にサイドテーブルに置き、収納棚の引き出しにブリーフケースをしまった。そして、そのまま玄関ホールの奥へ進み、優雅なアーチを描く階段の下をくぐった。その先の短い廊下の奥に、ドアが一つある。

ドアを開けると、ベルベットのように手入れの行き届いた芝生の庭に面した部屋だった。庭の隅は薔《ば》薇《ら》の花壇や、虹のように色彩豊かな草花のボーダー花壇に縁取られている。いくつものフレンチドアのおかげで部屋はとても明るい。開いたドアから、犬が二匹入ってきた。やさしい目をしたバセットハウンドと、脚の長い白黒の斑《ぶち》の犬だ。斑犬の頭部は四角く、耳は垂れていて、狐《きつね》のようなふさふさの尾をしている。

「モルティモルだ」ティーモは腰をかがめ、バセットハウンドを撫《な》でた。「こっちはミュット」彼はもう一方の手を斑犬の前に出した。斑犬はうれしそうに尻尾を振りながら、その手を甘噛みした。

エスメラルダもかがみこみ、二匹の頭をかいてやった。「二匹ともいい子ね。猫はいないんですか？」

「一匹だけいる。グリマルキンといって、ハンナの猫なんだ」

「その方が家政婦なんですか？」

「ああ、あとで紹介するよ。座りたまえ。それとも、庭を散歩するかい？」

エスメラルダは散歩を選んだ。二人は二匹の犬を従え、三十分ほど花々の間を歩いた。敷地はフリースラントの屋敷ほど広くはないものの、テニスコート一面と、上手に目隠しされたプールもあった。エスメラルダはプールサイドまで歩いていき、澄んだ水を見おろした。もう少しで、また泳げるようになる。「あとどれくらいかしら」疑問をふと口にした。

「一週間というところかな。手術はいつだった？　明日でちょうど二週間か」ティーモはエスメラルダの隣に立ち、静かに尋ねた。「今後の計画はまだかい？」

　エスメラルダはうなずいた。「ええ、まだなにも」

「時間はたっぷりあるさ」その声はあまりにも静かで、彼女の耳にはほとんど届かないほどだった。

　やがて二人は家の中に戻った。ハンナが二人を出迎えた。ハンナは恰幅《かっぷく》のいい中年女性で、丸顔に陽気な笑みをたたえてエスメラルダと握手をした。ひと目見ただけで、なにが起ころうと明るさを絶やさない人だという印象を受けた。

　エスメラルダはハンナの案内で二階に上がり、身づくろいをしてから階下に下りて居間に入った。居間もまた豪華なアンティークであふれ、古い家具と美しく調和する座り心地のいい椅子が置かれていた。カーテンと絨毯は柔らかなワインカラーで、椅子のカバーも同じ色合いで統一されている。夏の宵にも、真冬の夜にも、心地よく感じられる色調だ。エスメラルダは窓際の椅子に腰かけ、この家の主《あるじ》の軽いおしゃべりに耳を傾けながら、すっかりくつろいでいた。ときおり頭に浮かぶレスリーのことがなければ、完璧に幸せと言ってもよかった。

　これからもレスリーのことは折に触れて思い出すだろう。もう一度だけ会って治った足を見せつけてやれたら、彼への思いをきれいさっぱり忘れられそうな気がするが、それができないのがいかにも残念だった。そうだわ、もしあの女性と別れたら？　そうよ、そうしたら、やっぱり好きなのは私だったと気づくかもしれない……。

エスメラルダはため息をついた。しばらくじっと彼女の顔を眺めていたティーモが、明るい口調で言った。「明日はちょっと特別な患者が来る予定なんだ。混乱がないように、あらかじめ説明しておこう」

エスメラルダは完璧に仕事をこなしてティーモを喜ばせようと、注意深く耳を傾けた。おかげでレスリーのことは頭から遠のき、夕食の間も忘れていることができた。冷たい魚のテリーヌ、ほろほろ鳥のフォアグラ詰め、ハンナの秘伝のレシピによる繊細な味わいのソルベ——おいしい料理を味わいながら、エスメラルダはティーモの話にすっかり夢中になっていた。ワインで気分が高揚していたこともあって、コーヒーを飲みに居間へ移ったときにはすでに十一時近かった。彼女は名残惜しく思いながらも、そろそろ帰らなければと腰を上げた。

楽しい宵はあまりにも短く感じられた。あの家の居間に座り、客たちにコーヒーを供しながら流暢なオランダ語で会話をしたら、どんなに愉快だろう。レイデンに戻る車の中でエスメラルダははっと我に返り、そんなことを想像している自分に驚いた。そして、いささか堅苦しくティーモに礼を言った。ミセス・ツイストの家の玄関でも、もう一度かしこまった調子で、今日はありがとうございましたと繰り返した。それはおそらく、会ったことのないエラという女性の存在があまりにも大きく感じられたからだろう。彼女は美徳を絵に描いたような女性に違いない。ついでに言えば、かなり退屈な女性のはずだ。エスメラルダは妙に不機嫌な気分になりながら、遠ざかるブリストルのエンジン音を聞いていた。

しかし翌朝には、ティーモと婚約者のことはすっかり頭から消え去っていた。トレント病院の同僚の看護師パットから長い手紙が来たのだ。数々のニュースや噂話《うわさばなし》の間にまぎれるように、レスリーが恋人と別れたことを知らせる短い一文があった。パットは子供っぽい大きな文字で綴《つづ》っていた。〈昨日彼に会ったんだけど、あなたのことを知りたがっていたの。いつ帰るかときかれて、帰ってこないと答えると、怒ったようなものすごい形相をしていたわ〉

　エスメラルダはその部分を何度も読み返し、これはいったいどういうことかしらと考えた。診療所で白衣に着替える間も、受付デスクについたあとも、ずっとそのことに気を取られていた。まるで私の望みがかなって、レスリーに愛されているみたいじゃない？　そこから生じる新たな未来の展開が、次々に頭に浮かんだ。ぼんやりするあまり、シスケに二度続けて間違いを指摘され、ようやくこれではいけないと気を引き締めて、なんとか仕事に意識を向けようとした。それでも、最後の患者が帰ったところで、また夢見心地の状態に戻り、ティーモが診察室から出てきてもほとんど気づかず、何度か同じ質問をされてようやく返事を返す始末だった。

「天にも昇る心地って感じだな、エスメラルダ」

　彼に気持ちを言い当てられることには、すでに慣れっこになっていた。「ええ、まあ……そうですね」エスメラルダはにっこりした。

「当ててみようか。例のチャップマンという青年が美人の恋人とうまくいってないんだろう」

　エスメラルダは驚いてティーモを見た。「どうしてわかったんですか？」

「わかったというより、以前からそうなるんじゃないかと思っていたんだ。どうするつもりだい？」

　エスメラルダはせつない表情をした。「別に」

　ティーモはうなずいた。「今はそうだろうが、ギプスが取れれば、いろいろと選択肢もふえてくる」

　エスメラルダはその言葉の意味を考えた。「そうですね。でも、同僚のパットが彼に、私はもう戻らないと言ったようです」

「ほかにも友達はいるんだろう？」

「ええ、もちろん」

「だったら、時機を見て手はずを整えればいい」ティーモはデスクに置いたブリーフケースを手に取った。「午後は手術があるからそろそろ行くよ。明日は僕はフローニンゲンに行って、ここは休みだということは聞いたね？　代わりと言ってはなんだが、土曜日の午後にどうしても診なければならない患者がいて予約が入っている。午後四時だ。君に来てほしいと言ったら大変かな？　シスケは恋人とデートの約束があるそうなんだ」

「もちろん大丈夫です。四時十五分前に来ていればいいですか？」

「ああ、ありがとう」次の瞬間にはティーモの姿はもう待合室にはなく、さよならの声だけが戸口のほうから響いてきた。毎度のことながら、あれだけ大きな体にしてはなんと敏捷《びんしょう》なことかと、エスメラルダは思った。

　翌日はレイデンの町を観光した。まずは美術館、続いてラペンブルク運河沿いの古い家々、さらにブルフト要塞跡を見学したあと、アメリカに移住する前に巡礼始祖――ピルグリム・ファーザーズたちが暮らしたという小さな家々を眺めた。歩きまわっておなかがすき、脚も疲れたので、ラペンブルク運河に面したホテル・デ・ドーレンで昼食を食べた。午後は一、二時間ほどショッピングをしたあと、家に帰って髪を洗い、早めにベッドに入った。

　翌日は、朝食後にミセス・ツイストと一緒に買い物に出た。これはお互いに利点が多かった。ミセス・ツイストにとってはエスメラルダに荷物を運んでもらえるし、エスメラルダにとってはミセス・ツイストに安い店の情報を教えてもらえるのだ。家に帰ってコーヒーを飲んだあと、ミセス・ツイストが昼食の準備で忙しくしている間に、エスメラルダは庭で豆のさやむきをした。よく晴れた気持ちのいい日だった。今日の午前中は自分の将来についてじっくり考えようと計画していたものの、あまりの心地よさに頭がぼんやりして、考えに集中することはむずかしかった。

　約束の時刻になると診療所へ行き、預かっている合鍵でドアを開けて、準備を整えた。だれもいない診療所はがらんとしてもの寂しい雰囲気だった。十分ほどたったとき、ブリストルのタイヤが石畳を走る静かな音がし、続いて階段をのぼってくるティーモの力強い足音が聞こえた。彼はエスメラルダに短い挨拶をすると、そのまま診察室へ入った。予約の患者もすぐにやってきた。杖をついた老人で、娘とおぼしき女性が疲れきった表情でつき添っていた。エスメラルダは老人を診察室へ案内し、受付デスクに戻った。つき添いの女性は待合室の椅子の背にぐったりともたれ、目を閉じた。

　診察にはかなり時間がかかった。ようやく診察室のドアが開き、ティーモと老人が出てきた。つき添いの女性がすぐに腰を上げたが、エスメラルダはティーモの目くばせに気づき、患者の介助を引き継いで、待合室の椅子に座らせた。ティーモとつき添いの女性は診察室へ入っていった。

　老人が不機嫌そうにエスメラルダに向かってなにかどなった。

「申しわけありません、オランダ語は片言しか話せないんです」彼女は言った。

「だったらここでなにをしている？」老人が英語で尋ねた。

「診察のお手伝いを」エスメラルダはにこやかに答えた。

「手術をしないとならんそうだ。この年じゃそんなものは時間のむだだよ」

「そんなことありませんわ。また自由に歩けるようになったらどんなにすばらしいか、考えてみてください。バムストラ先生のように腕のいい外科医に執刀してもらえるなんて、運がいいですわ」

老人は今にもどなり散らすかに見えたが、考え直したようだ。「そう言うおまえはなんなんだ?」

「看護師です」

老人はばかにするようにふんと鼻を鳴らしてから言った。「あそこにわしのコートがある。取ってこい」

もっと丁寧に頼まれたら取ってきますと言おうと思ったが、ティーモの患者を怒らせるわけにもいかない。エスメラルダは部屋を横切り、戻ってきて、コートを老人のそばに置いた。老人は彼女の足のギプスをじっと見つめている。

「ギプスをつけているのか」

エスメラルダはにっこりした。「足で苦労しているのは、あなただけじゃないんですよ」朗らかに言ったとき、診察室からティーモとつき添いの女性が出てきた。彼女は来たときよりもだいぶ明るい表情に見える。癇癪《かんしゃく》持ちの老人を一、二週間病院に預けることができるので、少しほっとしているのだろう。エスメラルダは老人が立ちあがるのに手を貸し、コートを着せて、杖を渡した。

すると驚いたことに、老人は不機嫌な口調で言った。「あんたはなかなかいい娘だ」杖でエスメラルダのギプスを示す。「ちゃんと治るといいな」

「もちろん治りますとも。あなたの足も」エスメラルダはきっぱりと言った。

ティーモが老人を階下まで送っていった。彼が戻ったとき、エスメラルダはすでに待合室の片づけを終えていた。

「今の老人がだれか知っているかい？」彼は尋ねた。

「予約表にはミスター・スミットと書いてありました」

ティーモはデスクに身を乗り出し、せっかくエスメラルダが整理した書類をまたばらばらにしてしまった。「慎重を期してね。彼の本名はグラーフ……」彼はエスメラルダがこれまで何度か新聞で目にしたことのある名前を口にした。「つき添ってきたのは、彼の娘だ」

「お気の毒に。ずいぶん虐げられているように見えました」

「父親の入院中は少しは羽を伸ばせるだろう」ティーモは身を起こした。エスメラルダはもう一度デスクの上の書類を整理した。「君を気に入ったようだ。きれいな目をしていると言っていたよ」彼はにっこりした。「早く着替えておいで。君をお茶に連れてくると母に約束したんだ」

その傲慢な言い方にエスメラルダはいらだった。

「言われればのこのこついていくとでも？」

「頼むよ、エスメラルダ。母は君が大好きなんだ。一緒にいると楽しいと言っている。君にとってもいい暇つぶしになるだろう？」

エスメラルダはうなずいた。「わかりました。でも、言っておきますけど、お母様のお茶のお誘いに応じるのは暇つぶしのためじゃありません。私もお母様のことが大好きだからです」

ミセス・バムストラは居間で二人を待っていた。

「土曜日だというのに働かなければならないなんて。疲れていない、エスメラルダ？　ティーモにはきいてもしかたないわ。ぜったいに疲れたとは言わないから」彼女はほほえんで紅茶をついだ。ティーモが華奢《きゃしゃ》なカップとソーサーをエスメラルダに手渡した。

「今夜の夕食はエラと食べるんでしょう？」ミセス・バムストラは息子に尋ねてからエスメラルダの

ほうを見た。「一人になってしまう私をかわいそうだと思って食事をつき合ってくれる？」

　エスメラルダはなぜかいらだちを覚えた。彼はエラと過ごすのだ。女性の鑑《かがみ》のような婚約者と。もちろん、そうするのは当然の権利だし、私にはいっさい関係ないことだ。しかし、エラと楽しんでいる間、母親の相手をさせようという計画のもとにここに連れてこられたのだと思うと、なんだかやりきれなかった。それでも彼女は、そんな気持ちはおくびにも出さず、うれしそうに誘いを受けた。

　とはいえ、お茶の間ずっと、ティーモとは目を合わせないようにしていた。ほどなくして彼がもう行かなくてはと腰を上げたとき、エスメラルダは氷のように冷たいまなざしでちらりと見やり、そっけなく挨拶した。彼は驚いたように眉を上げた。「僕のなにが気にさわったのかは知らないが、とりあえずあやまっておくよ」

　エスメラルダは目を見開いた。「なにをおっしゃっているのか、さっぱりわかりませんわ」

「この嘘《うそ》つきめ」ティーモは愉快そうに言い残して出ていった。

　残された二人は顔を見合わせた。先に口を開いたのはミセス・バムストラだった。「エラのところへ行かなければならないなんて、ティーモも大変だわ。本人も気は進まないでしょうけど、妹に頼られたらいやと言えないものね」

「妹？」エスメラルダはきき返した。「私はてっきり、エラという方がバムストラ先生の婚約者なんだと思っていました」

　この家の女主人は刺繍の布を手に取り、しげしげと眺めた。「いいえ、違いますよ」ティーモの婚約者についてさらなる情報が得られるものと思い、エスメラルダは耳を傾けたが、結局はそのひと言で終わり、がっかりした。「エラはうちの下の娘なの。

年はあなたとさほど変わらないわ。臨月なのに、夫が仕事の関係でカリブ海のキュラソー島に行ってしまって留守なのよ。いい子なのだけど、ちょっと世情にうといところがあってね。なにかの支払いをしたり、壊れた配管を直したりというようなことでも、いちいちティーモを頼るのよ。夫がもうすぐ戻ってくるから、そうなれば心配いらないんだけれど」

エスメラルダはその説明を聞きながら、気づかないうちに満足した気分になっていた。でも、それなら婚約者はどこにいるのだろう？　そう考えてから、自分には関係のないことだとあわてて打ち消した。それからミセス・バムストラに、あなたのご実家について話してちょうだいと言われ、詳しく説明しはじめた。その話題は夕食まで続いた。食事がすみ、コーヒーを飲んだところで、エスメラルダはそろそろ失礼しますと腰を上げかけた。しかし女主人は、ティーモが帰ってきたら送るからそれまで待つように勧めた。

「いえ、その必要はありません」エスメラルダはあわてて断った。「すぐ近所ですし、道にももう慣れましたから」

「ええ、そうでしょうね。でも、ここはティーモの言うとおりにしたほうがいいわ」きっぱりと言われ、エスメラルダもそれ以上反論できなかった。

一時間後、ティーモが戻ってきたとき、エスメラルダはミセス・バムストラに礼を言い、彼と連れ立って外へ出た。しかし、そのとたん、つんとして言い放った。「送っていただかなくても一人で帰れるのに。これではまるで子供扱いだわ！」車に乗りこむ間はいったん口をつぐんだものの、座席に落ち着いたところで再び口を開いた。「言いたいことは、それだけじゃありません」

「まいったな」ティーモが穏やかに言った。「どうやら君を怒らせてしまったようだ。すまなかった。

もちろん君は一人で帰れるだろうが、僕としては、君がころんで足を傷めるようなことがあったらと思うと心配なんだ」

エスメラルダはきょとんとして彼を見た。「そんなこと、考えもしませんでした。ギプスが取れたら、すぐにイギリスへ帰れるんですか？」

ティーモは運河沿いの道に車を進めた。「まさか。二週間はリハビリをしないと。君さえよければ、診療所の仕事を続けることもできる。ただ、滞在するのは病院のほうがいいと思うがね。ミセス・ツイストに会いたくなったら昼食を食べに行くといい。もちろん、ギプスが取れた翌日に帰国することも可能だが、どうせなら、なんでもできるようになってから帰りたいだろう？」

「確かにそうですけど、すぐにイギリスへ戻って、あちらでリハビリを受けたほうが、ご面倒をかけずにすむんじゃないかしら……」

「エスメラルダ、僕は毎日君の足を診たいんだ」エスメラルダの言葉にショックを受けているような口調だった。

「わかりました、ティーモ」エスメラルダは素直に言い、ミセス・ツイストの家に着くまで黙っていた。

ティーモは車をとめてもすぐに降りようとはせず、エスメラルダのほうを向いた。「母につき合ってくれてありがとう」

エスメラルダはどういたしましてと礼儀正しく応じたものの、つい衝動的に続けた。「エラがあなたの妹さんだなんて知りませんでした」

ティーモは驚いたように眉を上げた。「つまり、それが理由なのかい？」

「理由って、なんの？」

「その……君は少々ご機嫌ななめだったろう？ なぜかと思っていたんだが、これでわかった」彼の笑みはその口調と同じくらい穏やかだった。

ティーモはミセス・ツイストの家の玄関でエスメラルダに挨拶してから、いかにも上機嫌な顔で帰っていった。残されたエスメラルダは、なぜ彼はあれほど得意満面だったのかと首をひねった。

9

エスメラルダには、日々の経過がとても遅く感じられた。ティーモは、相変わらず親切ではあってもどこかよそよそしく、一緒に時間を過ごそうと誘ってくれることはなかった。朝や帰宅の際の挨拶も短く、これが、病院で慰めてくれたり、母をイギリスから呼び寄せてくれたり、友人宅での滞在を勧めてくれたりした彼と同一人物なのだろうかと、不思議に思うほどだった。

もっとも、それについて深く考えている暇はなかった。一日は、長く感じられると同時に、とてもあわただしくもあった。ラヴデイがレイデンにやってきて二人でランチに出かけたり、シスケが恋人と結婚後住む予定だというフラットに案内してもらったりした。夜は、ミセス・ツイストと話をするのが日課になっていた。ミセス・ツイストは話し好きで、同じ話を二度繰り返し、単語の一つ一つを解説しなければならないことも、さほど気にならないようだった。母と電話で話すことも多かった。母はエスメラルダの将来について思いつくままに語った。その提案は必ずしも現実的ではないものの、娘を励ましたいという愛情にあふれていた。

週の途中でミセス・バムストラからお茶に招待されたが、ティーモは病院で手術の予定があり、同席することはなかった。ようやく土曜日がやってきたとき、エスメラルダはほっとした。この日は荷造りとショッピングに充てようと決めていた。そして、今日が誕生日のミセス・ツイストのために色違いのものがセットになったカップとソーサーをひとそろい買った。本当は皿やポットも加えたティーセット一式を贈りたかったが、この国では午後のお茶のときも小さなカップで一杯だけしか飲まないのだ。ともあれ、ミセス・ツイストはこの贈り物をとても喜んだ。その晩はミルクを入れない薄めの紅茶を飲みながら、いつも以上に長い時間を老婦人とのおしゃべりに費やした。

日曜日は午後二時までにモニークの師長室を訪ねる予定だった。エスメラルダはあらかじめタクシーを予約し、荷造りも早々とすませてから、ミセス・ツイストと通りの先にある質素な教会を訪ね、戻ってから軽い昼食をとった。二人仲よくキッチンであと片づけをしているとき、玄関のノッカーの音が響いた。

「タクシーだわ」エスメラルダはそう言ってから、独り言をつぶやいた。「三十分も早く来たのね。少し待っててもらわなくちゃ」運転手に伝えるべき言葉を練習しながらドアを開けた。「ダッハ、マイネール……」そこで口ごもった。ドアの向こうにいたのはタクシーの運転手ではなく、おしゃれなコットンのセーターを颯爽《さっそう》と着こなしたティーモだった。

彼はにっこりした。「やあ。それとも〝こんにち《ダッ》は《ハ》、お嬢さん《ユフロウ》〟と言うべきかな？」

エスメラルダは眉をひそめた。「病院へ送ってくださるおつもりですか？　お気持ちはありがたいですけど、もうタクシーを予約したんです」ティーモはほほえんでいるが、その表情にどこか引っかかるものを感じ、彼女はあわててつけ加えた。「ごめんなさい。ご親切を無にするつもりはないんです。でも、せっかくのお休みなのに先生をわずらわせるのは申しわけなくて」

ティーモは目を輝かせ、なにか言おうと口を開きかけてまた口をつぐみ、それから落ち着いた口調で言った。「アダムとラヴデイの家へ行くところなんだ。ちょうど通り道だから、面倒でもなんでもない」

結局、タクシーはキャンセルすることになった。ティーモが荷物を車に運びこんでいる間、エスメラルダは知っている語彙をかき集め、ミセス・ツイストに別れの挨拶をした。荷物を積みおえたティーモは臆面もなくそばに立ち、彼女のオランダ語を聞いている。きっと笑いをこらえているに違いない。エスメラルダは車に乗りこみ、笑顔でミセス・ツイストに手を振ったが、車が走りだすなり彼にくってかかった。「先生が近くにいるから緊張してしまったじゃありませんか。本当はもっと上手なのに」

車は細い裏通りから運河沿いの道へ出た。「君たちイギリス人というのは、外国語を話すとき、なぜそうも自意識過剰になるんだろうな。別におかしいなんて思っていないよ。君はなかなか上手に話していた。ラヴデイにずいぶんしごかれたんだろうね」

「それはもう。でも、ラヴデイもイギリス人ですもの」

それについてはティーモはとくになにも言わず、代わりに尋ねた。「したいことがたくさんあるだろうな。だが、火曜日までは病院でおとなしくしていてもらうよ。問題がないのを確かめるためにね。毎日、午後一時半にリハビリの予定が入っている。成果が目に見えるようにがんばってくれ」彼はちらりと助手席を見た。「だれかに話したかい？」

「レスリーのことを言っているんですね。いいえ、知らせるつもりもありません。完璧な足の私を見せたいとは思いますけど……」

「確かめたいのかい？　彼はきっとノックアウトされるはずだ。いずれ顔を合わせる機会もあるだろう」車は病院の正門から入り、正面玄関の前でとまった。「彼はまだトレント病院にいるんだろう？　例の美人の彼女とは、完全に別れたのかもしれないし」

「パットからの手紙にはそう書いてありました」

「本当に？」ティーモはなにやら考えこんでいるような表情だ。

モニークやシーヤはエスメラルダの顔を見て喜んだ。オクタヴィウスもやってきて、ティーモとともに彼女の足を診察した。皆、明日の今ごろにはもう踊りまわっているはずだと軽口をたたき、エスメラルダがすっかりギプスに慣れたのを見て感心した。モニークが、元いた個室と同じ部屋にエスメラルダを案内した。一人になって心細さを感じていると、ティーモがドアから顔をのぞかせた。

「なにか言づては？」

「ラヴデイによろしくと伝えてください。坊やとアダムにも。私も明日電話します」

「それがいい」ティーモは部屋の中に入ってきた。

「不安なのかい、エスメラルダ？」

「ええ」

「怖がらなくていい。僕にはまったく不安はないよ。本来なら、僕のほうが不安になるはずだろう？」

エスメラルダはにっこりした。急に元気がわいてきた。「でも、先生は奇跡の信奉者ですもの」

「ああ、そのとおりだ」ティーモは身をかがめ、キスをした。エスメラルダがその心地よさにひたっているうちに、彼は別れの挨拶もしないまま病室を出ていった。

翌朝、エスメラルダがギプス室へ入ると、ティーモはいなかった。モニークとオクタヴィウスに挨拶し、シーヤと冗談を交わしながら処置台に座って、胸に広がる落胆を無視しようと努めた。ティーモのような外科医ともなれば、ギプスを切るより、もっと大事な仕事がたくさんあるのだ。現に電動鋸《のこぎり》はオクタヴィウスが持っている。そのとき、当のティーモが入ってきた。彼は上着を脱ぎながらおはようと言い、腕まくりをして大きなビニール製のエプロンをつけると、オクタヴィウスの手から電動鋸を受け取った。

「いらっしゃらないのかと思っていました」思ったことを口にせずにいられなかった。「今日の午前中は手術の予定がつまっていると聞きましたけど」

ティーモは電動鋸を構えた。「そのとおりだ。だからちょうどいい気分転換なんだよ」

ティーモが切断している間、エスメラルダは目を閉じ、息を殺してじっとしていた。ギプスがゆるみ、割れるのを感じた。足がいったん持ちあげられて、もう一方の足の隣にそっと置かれた。

「目を開けてごらん、エスメラルダ」ティーモが言った。

足は生白く、なんとなくしなびているように見えた。手術痕はまだ赤みがかっている。だが、その点を除けば、ほっそりして指のまっすぐな、完璧とも言える足だった。エスメラルダはおそるおそる爪先を動かし、畏敬の念をこめて見つめながらつぶやいた。「ティーモ、ああ、ティーモ！」震える笑みを浮かべ、ティーモを見た。彼はじっとこちらを見つめている。「ありがとうございます。何度お礼を言っても言い足りないわ。信じられない……」

ティーモはほほえんだ。「台から下りて、両足で立ってごらん。そうすれば信じられる」

エスメラルダはその言葉に従った。床につけたとたん、元の哀れな足に戻ってしまうような気がして、内心不安だった。しかし、そんなことがあるはずもない。おずおずと二歩踏み出してティーモに近づいた。「この足は、私の足であると同時に、先生の作品でもあるんですね」真顔で言った。「この世で最高のプレゼントをもらったみたい」

エスメラルダはティーモの落ち着いたやさしげな顔を眺めた。とても遠く感じられた。相手は身長百九十センチ以上で、こちらは裸足《はだし》だ。それでもなんとかその距離をつめ、彼にキスをした。

「不適切なことかもしれませんけど、どうしてもこうしたかったんです」エスメラルダは言い、周囲を見まわした。どの顔も笑っていた。今度は彼女が皆からキスをされ、抱き締められる番だった。

やがて、ティーモが静かに言った。「手術に行く前に、とりあえず診ておこう」エスメラルダはまた処置台に戻り、ティーモとオクタヴィウスが額を突き合わせて診察した。「できるだけ早くレントゲンを撮れるよう手配するよ。結果が出るまでは、こちらの足は使わないように。問題がなければ、昼食後にはリハビリを始められる」

ティーモは挨拶代わりに軽くうなずき、オクタヴィウスを従えてギプス室を出ていった。エスメラルダは病室に戻る際、また松葉杖《まつばづえ》を使うことになったが、ほんのいっときのことと思えば、気にもならなかった。もうすぐこの足で自由に歩けるようになるのだ。

オクタヴィウスからレントゲンの結果なんの問題もなかったと知らされると、エスメラルダは母に電話をかけた。母は喜びと安堵《あんど》を伝えたあと、トムズに替わった。

トムズは泣いていた。常に岩のように揺るぎない彼女が涙を流すとは、人知れずずっと足のことを心配していたに違いない。

「あのすてきな方はご一緒ですか？」感情を押し隠そうとすると決まってそうなるように、トムズはぞんざいな口調で尋ねた。

「先生は、今日は手術でお忙しいの」

「いいですか、お嬢様。先生にきちんとお礼を申しあげるんですよ。次にお会いしたら、先生が人生で望むものをすべて手に入れられるよう、ばあやが祈っていると伝えてください。先生はその資格がある方だとね。まあ、今以上に欲しいものもないでしょうけど。お金も才能も容姿も、すべて持ち合わせていらっしゃるんですから。あと必要なのは、先生が望むお相手と結婚なさることくらいでしょうかね」

エスメラルダはあいづちを打ちながらトムズの話におとなしく耳を傾け、もう一度母と言葉を交わしてから電話を切った。ばあやときたらいきなり妙なことを言いだすものだと思いつつも、確かにティーモは望む相手と結婚して幸せになる資格があると思った。

リハビリはかなりの痛みを伴うものだった。骨がきちんとつながったとはいえ、ずっと足を使っていなかったので、少し動かすたびにきしむような感じがした。それでもなんとかエクササイズをこなし、松葉杖をついて病室に戻った。病室の前の廊下でシーヤに会った。「うまくいった？」彼女はにっこりし、すぐに紅茶を持ってくると言って立ち去った。

お茶を飲んでひと息つこうと思いながら、エスメラルダは病室のドアを開けた。すると、窓際の椅子にミセス・バムストラの姿があった。大きな花束をかかえている。エスメラルダを見て腰を上げ、花束をベッドに置いて近づいてきた。「お茶をご一緒させてもらってもかまわないかしら？　本当はお母様がここにいらして、一緒に喜べたらいいんでしょうけど、私が代わりを務められたらと思ったの。ティーモもそれは喜んでいたわ。大成功ですってね」

エスメラルダは松葉杖を離し、訪問者を抱き締めた。「なんておやさしいの！　とてもうれしくて、わくわくして、むしょうにだれかと話したいと思っていたんです」目に涙を浮かべてほほえんだ。「バムストラ先生にはいくらお礼を言っても言い足りません」

「ちゃんと伝わりますとも」ミセス・バムストラはきっぱりと言った。「それじゃ、息子の作品を見せていただける？」

エスメラルダはベッドに腰かけ、ガウンの裾を上げた。足は朝に比べると、だいぶ見栄えがよくなっていた。血色もよく、手術痕もほとんど目立たず、しなびたようなしわもなくなっている。二人は感心してその足を眺め、紅茶を飲みながら一時間ほど話をした。ミセス・バムストラが帰ってから五分とたたないうちに、今度はラヴデイが電話をかけてきて、イギリスへ帰る前に遊びに来てちょうだいと言った。

電話のあとには花が届いた。母とトムズから、さらにラヴデイとアダムから。エスメラルダは花瓶を借りてきて、いそいそと花を生けながら、頭の片隅でティーモも花を贈ってくれればいいのにと思っていた。それが愚かな考えなのは自分でもわかっている。外科医が手術をするたびに患者に花を贈っていたら、二年とたたないうちに破産してしまうだろう。そう考えながらも、当初の興奮はすでに鳴りをひそめ、妙な寂しさに襲われていた。オクタヴィウスがようすを見に来てくれ、少しは気がまぎれた。

「診療所にどうやって通おうかと思っているんじゃないかい？　最初の一週間は、タクシーで通うことになるな。もちろんリハビリはここでする。二週間目は、杖をついて歩いてもいい」彼はにっこりした。「そのあとは晴れて自由の身になれる！」

「ええ、わくわくするわ」エスメラルダは声をはずませてから相手を気遣った。「疲れているみたいね。手術は全部すんだの？」

「ああ、一日じゅう休む暇もなかった。バムストラ先生はもう診療所へ行ったよ。本当に忙しい人だな。夜まで診察の予定が入っているらしい」

エスメラルダはうなずきながら思った。ティーモはオクタヴィウスに、自分が忙しいことをそれとなく伝えておいてほしいと言ったのかしら？　あるいはオクタヴィウスが、私が寂しがっているのに気づいて、慰めるために言ったの？　私は寂しくなんかないわ。彼女は自分に言い聞かせた。オクタヴィウスが出ていったあとは、エクササイズをし、オランダ語の新聞の見出しを読み、夕食を食べて、精いっぱい忙しくした。やがて就寝の時間になると、髪を丁寧に三つ編みにしてから、顔に栄養クリームを塗り、瓶に書かれた説明に従って念入りにマッサージした。これを塗れば平凡そのものの顔にも美しさが花開くというのが謳《うた》い文句なのだ。

「あまり見栄えのいいものじゃないわね」エスメラルダはてかてか光る鏡の中の顔を見て言った。「まあ、夜中にだれが訪ねてくるわけでもなし……」

ベッドに入り、爪の手入れをしていると、ドアがノックされた。夜勤のアンナだろうか？　ということはもう九時？　時間がたつのがずいぶん早いと思いながらドアを開けた。

ドアの外に立っていたのは、アイスバケットとグラスを手にしたティーモだった。バケットの中には、銀紙に包まれたボトルが入っている。彼は病室へ入ってくると、鏡台の上にそっと荷物を置いた。

「お祝いしようと思ってね。遅い時間で申しわけないが」ティーモはにっこりしてから、エスメラルダの表情をうかがった。「気分は？」

エスメラルダはクリームのことを思い出し、頬に手を当てた。「顔の手入れをしようと、クリームを塗りたくったんです。もうだれも来ないと思って。すぐにふきます」

ティーモの笑みがさらにやさしげになった。「そのままでいい。クリームくらいで友情にひびが入ることはないからね。ただ、髪をそういうふうに三つ編みにするのはあまり好みじゃないな」

「涼しいし、きちんとしているのに」

ティーモはボトルの栓を抜こうとしている。「きちんとする必要などないだろう。この世のすべては思うままで、かわいい靴も買い放題というときに」

シャンパンの栓が小気味いい音をたてて抜けた。彼は二つのグラスに中身をついだ。「理事長が今ここに入ってきたら、僕は即刻くびだな。だが、君を精いっぱい楽しませると約束したからね」そして、グラスの一方をエスメラルダに手渡した。「君と、君の輝かしい未来に乾杯だ」

エスメラルダはシャンパンをひと口飲み、あやうく泣きそうになった。「先生は本当にご親切ですね。世の中には親切じゃない人たちもいるけれど、その人たちの分を全部補って余りあるくらい。じゃあ、今度は私に乾杯させてください。これから先、先生の手術が何百回も大成功しますように。それ以外にも、先生の望むことがすべて現実になりますように」気のきいたせりふでないことは自分でもわかっていたが、それはエスメラルダの心からの願いだった。そこでふとトムズからの言づてを思い出したが、口にするのはなんとなく恥ずかしく、あとまわしにすることにした。「シャンパンを飲むと、いつも酔っ払ってしまうんです」

「それはいい。よく眠れれば、明日は元気に仕事に来てもらえる」ティーモはもう一度二つのグラスを満たした。「今後の計画は立てたのかい？」

首を横に振ると、シャンパンの泡がしゅわしゅわと頭の中をめぐっているような感じがした。「この間お話ししたことくらい。ゆっくり考えます」ティーモはさりげなく言った。「もうすぐトレント病院へ行く機会があるんだ。そのとき君を車に乗せていって実家まで送ろうか？　とりあえず実家でじっくり計画を立てながら、ダンスのレッスンでも受けてみたらどうだい？」彼は窓辺に歩み寄り、宵闇に包まれた中庭を見おろした。「ちょうど大きなダンスパーティがあるだろう？　いくつかの病院が合同で主催しているものだ。にぎやかなパーティだから、デビューするには好都合じゃないか？　混雑していれば、まわりの目を気にせずに踊ることができる。万が一、足が痛くなっても、僕が実家まで送ってあげられる」彼はエスメラルダのほうを見た。

「いつもチケットが二枚送られてくるんだ」

「とっても楽しそう」エスメラルダはシャンパンの酔いにまかせて今この場で踊りだしたい気分だったが、良識的な質問をすることも忘れなかった。「ほかに連れていく方はいないんですか？　例の……」

「いや、いない」ティーモがあまりにもきっぱり言いきったので、それ以上きくのは気が引けた。

エスメラルダはシャンパンをまたひと口飲み、尋ねた。「そのころまでに踊れるようになるかしら？」

「もちろんだよ」ティーモはベッドのところへ戻ってきて、縁に腰を下ろした。「靴がいるな。とびきりかわいい靴が。それと、だれもが振り返るようなドレス」

エスメラルダは首を横に振った。「今の私を見てください。だれがわざわざ振り返るんですか?」

ティーモはなにか言いたげな表情で唇を引き結んでいたが、やがて静かに言った。「振り返るさ。ドレスを新調するお金は?」

「十分あります。お小遣いにはほとんど手をつけていませんから」エスメラルダは緑の瞳を輝かせた。

「ジーナ・フラッティニの白いシルクのドレス……いいえ、やっぱりシフォンにしようかしら……」

「いいね。シャンパンの残りを飲んで。僕はそろそろ出ていって君を休ませてあげよう。母は来た?」

エスメラルダは花束をもらったことを報告してから、少々ろれつがまわらなくなった口で言った。

「今日はとても忙しかったとオクタヴィウスが言っていました。きっとお疲れなのに、私ったらのんきにドレスのことなんて話して……」そっとグラスを置く。「このシャンパン、とても強いんですね」

ティーモは笑った。「君を見たらみんなそう思うだろうな。おやすみ、エスメラルダ。明日、診療所で会おう」彼はボトルとグラスをアイスバケットの中にバランスよくおさめ、エスメラルダのてかてかした顔に軽くキスをしてから病室を出ていった。

エスメラルダは、遠ざかるゆったりした足音に最後まで耳をすませてから目を閉じた。

週末が近づき、その週を振り返ったとき、エスメラルダは複雑な気持ちになった。確かに楽しい瞬間もあった。たとえば、靴を何足も買ったこと。どれもかわいい靴ばかりだ。中には、当分の間ははけそうにないようなデザインもあるが、衣装だんすの下にずらりと並んでいるようすは見ているだけでもうれしい。歩きやすいと勧められて買った地味な靴でさえ、以前の底上げした靴とは大違いだ。左右のバランスが取れた足で歩くことの喜びがどれほどのものか、世間の人たちは知っているのだろうかとふと思った。

　その一方で、あまり幸せではない瞬間もあった。夕方近くになって足が痛みはじめ、どこか異常があるのではないかと心配でたまらなくなったこともその一つだ。翌朝にはすっかり痛みは消えていたが。ティーモのどこか冷たい態度も心に引っかかっていた。一緒にシャンパンを飲んだときには大親友のように感じられたのに、診療所では挨拶と、足を診察するときの事務的なやりとり以外、ほとんど話しかけてくることもなかった。そんなわけで、金曜日の夕方、最後の患者が帰ったあとに彼が受付デスクにやってきたときには、少なからず驚いた。

「ラヴデイから電話があって、君をこの週末連れてきてほしいと言われた。明日の朝早くに出て、日曜日の夕方帰ってくればいい。そうすれば、荷造りする余裕は十分あるだろう」

　エスメラルダは目をみはった。「荷造り？　そんな……まるで知りませんでした。なにもおっしゃらないから。イギリスへ帰るのはいつなんですか？」

　ティーモも驚いたような顔をした。「僕としたことが、言ってなかったかい？　火曜日の午後にロンドンでセミナーがあるんだ。月曜日に、僕と一緒に出発するってことでいいかな？　もちろん、ちゃんと実家まで送る。ダンスパーティがいつかも言ってなかったな。来週の土曜日なんだ。それまでに準備が間に合うかい？」

　今までぼんやりしていた理想のドレスのイメージが俄然《がぜん》はっきりしてきた。「ええ、欲しいものはわかっています」

　翌朝は雨模様だったが、霧雨なので、エスメラルダはピンクのスラックスとそれに完璧に合うチェックのブラウスを選び、髪を高い位置でアップにして、ピンクのリボンをつけた。レインコートと一泊用の旅行鞄《かばん》を手に、すでににぎわいはじめている病院の正面玄関から外へ出た。

ティーモは先に出て待っていた。よく眠れたかと尋ねたあとは、ほとんどなにもしゃべらなかった。二人は途中、最初にフリースラントへ行ったときと同じカフェでコーヒーを飲んだ。ついたテーブルまで同じだった。エスメラルダは感慨深げに言った。

「これで全部終わったなんて、なんだか不思議な感じです。前にここへ来たときには、この先どうなるのかと不安だったのに」

「もう将来についての不安はなくなったのかい？」

エスメラルダは当然のようにレスリーのことを思い浮かべた。「もちろんありますけど、今はまだ考えないことにしているんです。私、踊れるようになると本当に思います？」

「もちろんだよ。今度のパーティではまだ完璧とは言えないかもしれないが、だれもそんなことには気づかない。チャップマンと再会するまでに磨きをかけられるだろう。足がひどく痛むはずだということは言ったね？」

アダムとラヴデイの家に滞在している間、エスメラルダの今後についてあれこれ尋ねてくる夫妻とは対照的に、ティーモはとくに興味を示すでもなく、どことなく距離を置いているようにも感じられた。去る者日々にうとし、ということね。エスメラルダは必ずしも状況にそぐわないことわざを引っぱり出し、内心少し不機嫌になったものの、うわべは終始明るさを保っていた。

翌日、ティーモの母親の家に挨拶に寄ったときには、この先もう会うこともないのだと思い、寂しい気持ちになった。エスメラルダはミセス・バムストラの頬にキスをして言った。「私の母と会う機会があったらよかったのに。とても気が合ったと思います」

「お会いしましたよ」ミセス・バムストラが驚いた顔をした。「お話しして、それは楽しかったわ」

エスメラルダは唖然《あぜん》とした。「でも、母はそんなことはひと言も……」

ティーモが横から口をはさんだ。「お母さんは君のことで頭がいっぱいだったんだろう」

その夜、エスメラルダはベッドに横たわって考えた。今回の帰国の計画にしてもそうだけれど、なにもかもがうまくいきすぎている。自分のあずかり知らないところで、用意周到に手はずが整えられているような気がしてならない。母に会ったら、忘れずに追及しなければ。もちろん、イギリスへの道すがら、ティーモから聞き出すことができたら、いちばんいいけれど……。

10

イギリスへの旅は、退屈きわまりないものだった。ティーモはエスメラルダに兄のように接し、彼女が快適でいられるよう心がけてくれたものの、病室で見せたような親しげな雰囲気は消え去ったままだった。エスメラルダはため息をつき、しかたなく読書にいそしんだ。ときおり顔を上げても、彼がカルテを前に仕事に没頭しているのが目に入るだけだった。話をするより、仕事をしているほうがよほど楽しいらしい。エスメラルダは窓の外に目をやり、波一つない穏やかな海を見つめながら、ロンドンで買うつもりのドレスに思いをはせた。

ホバークラフトはドーヴァーの港に到着した。テイーモの運転するブリストルのおかげで長時間の旅も快適で、午後六時にはエスメラルダの実家に到着した。

数時間後、彼女はベッドに横たわり、この晩の出来事を思い返していた。

当然のことながら、二人は熱烈な歓迎を受けた。エスメラルダの母は娘の足を見て涙を流し、トムズは感無量で言葉を失っていた。礼を言われたティーモは、患者の協力なくして成功はなかったと言い、皆を笑わせた。彼は用意されていたシャンパンを開け、夕食を食べてから出発した。だいぶ時間が遅かったので、エスメラルダの母は泊まっていくよう勧めたが、ティーモはピーターズ医師のところに行く約束があると言って固辞した。

「ピーターズは夜中まで起きていますから大丈夫ですよ。今からなら一時には着けるでしょう」彼はいつもながらの穏やかな表情で別れを告げ、エスメラルダに、土曜日に迎えに来ると言って去っていった。

「本当にいい人だわ」二階の寝室へ引きあげるとき、母はエスメラルダに言い、心配そうに眉根を寄せた。

「でも、あまり親しくなる機会はなかったようね」

機会ならいくらでもあったけれど、親しくなりたいと望んでいない相手と親しくなるのはむずかしいものなのよ。エスメラルダはベッドの中ですねたようにそう思ってから、ティーモは無事ピーターズ先生の家に着いただろうかとふと考えた。

それにしても、彼はロンドンでの一週間をどう過ごすつもりだろう？　セミナーは毎日催されるわけではないし、あっても、数時間で終わるはずだ。彼がオランダに帰国したらもう会う機会がないことは考えたくない。私がトレント病院に勤めていれば話は別だけれど、もうあそこには戻らないと決めたのだから。エスメラルダは珍しく途方にくれ、眠りにつくまでにずいぶん時間がかかった。

翌日は母やトムズに思いきり甘やかされて過ごした。水曜日の朝、母と一緒に車でロンドンへ行き、ダンスパーティにぴったりのドレスを選んだ。残りの二日間でダンスのレッスンを受け、容姿を少しでも際立たせるべく、できる限りの手入れをした。

土曜日にティーモが迎えに来たときには、すでに支度を整えていた。にわか仕込みのダンスに多少の不安はあっても、わくわくした幸せな気分だった。彼が玄関ホールを横切って近づいてくるのを見たとき、エスメラルダの胸にめくるめくような興奮が押し寄せた。

「まあ、なんてお似合いなの」エスメラルダは白の蝶《ちょう》ネクタイと燕尾《えんび》服、ぴかぴかに光る靴に目を走らせ、その堂々たる姿にため息をついた。「首にかけているメダルはなんですか？」

ティーモは一メートルほど離れた場所で足をとめた。「いや、たいしたものじゃないよ。それより、じっとして、よく見せてくれ」

エスメラルダは気恥ずかしさを感じながら彼の視線を浴びて立っていた。

「すてきだよ。まるで妖精のお姫様だ。足のほうはどうなっているんだい？」

エスメラルダは長い裾を上げ、サテンの靴を見せた。ティーモは身をかがめて靴に注目し、満足げにうなずいた。

「なかなかいい。ヒールも高すぎないし、形も安定している。それでも、途中で痛くてたまらなくなるだろうがね」彼はにっこりした。「まあ、それだけの価値はあるということだ」

エスメラルダは笑顔でうなずいたが、ティーモの顔に疲れがにじんでいるのに気づいて、ほんの少し喜びが薄らいだ。いや、疲れているのではない。ほかのことに気を取られているのだ。なにか悩み事があるに違いない。

とはいえ、ロンドンへ向かう車の中では、ティーモはずっと明るい表情で軽口をたたいていた。エスメラルダ自身も今夜はとことん楽しもうと思っていたので、今後の計画について彼が興味を示してくれなくても気にするまいと心に決めた。だが、のんきにはしゃいでいられたのも、車がトレント病院へ向かう道を走っているのに気づくまでのことだった。唖然《あぜん》とする彼女をよそに、ティーモは病院の前庭に車を入れた。エスメラルダは思わず声をあげた。

「まさか、ここではないでしょうね？」

「言わなかったかな？」驚いた顔をしているティーモを、エスメラルダはいぶかしげな目で見た。

「ひと言もおっしゃらなかったわ」責めようとしたが、彼があまりに無邪気な顔をしているので、気勢をそがれた。「お忙しくて、つい言いそびれたのね」

ティーモはいったん車を降り、エスメラルダをロビーに促してから車に戻り、ブリストルを貴賓用の駐車スペースにとめた。

「髪を直してくるかい？」エスメラルダのもとに来ると、彼は尋ねた。「僕には十分美しいが、女性というのは自分の外見に満足することがないからね」

エスメラルダは彼の差別的な発言は見過ごすことにし、素直にうなずいて、すぐ戻りますと言った。髪は気にならないが、母から贈られた白い羽毛《マラボー》のショールにひと晩じゅうくるまれているわけにいかない。女性用の控え室にショールを置き、すぐにティーモのもとへ戻った。「準備万端整いました」

「ああ、とてもすてきだ。ところで、チャップマンは休暇中だそうだよ」

二人はパーティ会場である講堂に向かってゆっくりと歩いていった。パーティはすでに佳境に入っている。「そう、よかった。彼がいたら……ただでさえ緊張して思うように踊れないのに」

ティーモはにっこりした。「とりあえず、試してみよう」彼はダンスフロアにエスメラルダを連れ出した。

ティーモのダンスはなかなかのものだった。決して派手ではないが、さりげなく自然で、込んだ会場でもひときわ目を引くほどだ。ほかの男性陣より頭一つ大きいのだから、目立つのも当然だが……。一方のエスメラルダは、最初は緊張していたものの、すぐにダンスに夢中になった。足が華奢《きゃしゃ》な靴に締めつけられて痛んでも、注目される快感に比べたら、取るに足りないことだった。いわゆる美人ではなくても、有名デザイナー、ジーナ・フラッティニの手になるクリーム色のシルクのドレスを着こなした彼女は、十分人々の目を引きつけた。ガーゼのような薄地を飾るサテンのリボンは、彼女の瞳と同じエメラルド色だ。

エスメラルダはティーモの広い胸に向かって言った。「ダンスがとてもお上手なのね。でも、むずかしいステップはやめておいてくださいね」彼の顔を見あげ、ほほえんだ。このうえなく幸せな気分だった。そこでふと、妙なことを考えた。相手が彼でなかったら、こんなふうに幸せを感じることなどなかっただろう。だが次の瞬間、その考えは頭から消え去った。踊るカップルたちの向こうに、レスリーの姿が見えたのだ。彼もこちらに気づいたらしい。驚きと苦悶《くもん》に満ちたその表情を見ただけで、ギプスをつけた足を引きずりながら感じていた数週間のつらさが報われるような気がした。エスメラルダはレスリーにほほえみかけてから、ティーモにささやいた。

「レスリーがいるわ。彼、来ているのよ！」

ティーモは妙に落ち着いた口調だった。「ああ、知っている。少し前に気づいていたよ」

「だったら、なぜ教えてくれなかったの？」

「そんなことを言ったら、君は緊張して、僕の足を踏みまくるだろう？」

エスメラルダはくすくす笑ってから、せっぱつまった口調で尋ねた。「どうしましょう。ねえ、どうしたらいいと思う?」

頭のはるか上から聞こえてくるティーモの声はとても落ち着いていて、聞いているだけで安心できた。「彼は君にダンスを申しこむだろう。踊っておいで。やつを思いきり魅了してやるといい。ノックアウトしてやるんだ」彼がもらしたため息はあまりにも小さく、エスメラルダの耳には届かなかった。「君にならできるよ」

エスメラルダはティーモのシャツの真珠の飾りボタンを見つめた。シンプルなデザインで、大きさもほどよく、間違いなく本物だろう。そう考える一方で、彼の言葉が頭の中に鳴り響いていた。なぜかむしょうに悲しく、不安だった。そのときちょうど曲が終わっていなかったら、おそらく彼にそう告げていただろう。音がやみ、二人はバンドのほうを向いて拍手をした。そこへレスリーがやってきた。

レスリーはティーモを無視した。「エスメラルダ」彼は声をはずませて言った。「なんてすてきなんだ。こっちが気おくれしてしまうくらいだよ。だが、どうしても話さなければと思ってね。いろいろあったけど……」効果をねらってか、彼は間を置いた。「ずっと会いたいと思っていたんだ」

少年っぽいほほえみは、エスメラルダを魅了するためのものだった。けれど、彼女はなんの魅力も感じなかった。驚いたことに、レスリーに対して抱いていると思っていた感情は、一つとしてわいてくることはなかった。ひょっとしたら、あまりの喜びに感覚が麻痺《まひ》してしまったのかしら? エスメラルダは落ち着いた声で言った。「ここで会うとは思っていなかったわ」ティーモにも会話に加わってもらおうと、彼のほうを向く。しかし、ティーモはにっこりして、その場から立ち去っていった。彼の姿が人込みにまぎれて見えなくなると、まるで今までもたれかかっていた支えをいきなり失い、床に倒れこんだようなショックを受けた。呆然《ぼうぜん》とするあまり、レスリーのダンスの誘いを黙って受けることしかできなかった。

　レスリーが体を密着させようとするのがいやでたまらなかった。彼は耳元で絶えず話しつづけた。愛《あい》嬌《きょう》たっぷりにあやまったり、しつこいくらいにほめちぎったり、二人の将来について思いつくままにあれこれ語ったりした。会場を二周したところで、エスメラルダは突然レスリーの腕から逃れ、無言のまま壁のほうへ向かった。追いかけてきた彼に腕をつかまれると、いらだちまぎれに振りほどいた。

「エスメラルダ、いったいどうしたっていうんだ……？」

「もう私にかまわないで」エスメラルダはきっぱりと言い、唖然として立ち尽くすレスリーを残して、壁際を急ぎ足で進んでいった。ティーモは目立つから、きっとすぐに見つかるわ。そう思っていたが、いっこうに姿が見えない。途中、ピーターズ医師にでくわすと、挨拶もせずに尋ねた。「バムストラ先生を見ませんでした？　ちょっと前までここにいたんですけど、はぐれてしまって。ご存じないですか？」必死になるあまり、ピーターズ医師の腕をつかんでいた。

　ピーターズ医師はエスメラルダの顔をしげしげと眺め、答えた。「ああ、さっき見かけたな。そのドアから出ていったよ」

　エスメラルダは小さくほほえみ、示されたほうへ走っていった。だが、廊下に人影はなく、その先のロビーにもティーモの姿はなかった。ロビーの隅の詰め所に運搬係のデント老人が見えたので、足の痛みも忘れて駆け寄った。「バムストラ先生は通りませんでした？」

「ああ、ジョーンズ看護師か、久しぶりだな！　バムストラ先生？　さあ、通らなかったと思うがね……」老人はすぐに競馬新聞に視線を戻した。

「外へ出ていないとしたら、行きそうな場所はどこかしら？」彼を見つけて説明しなければ。そうしないと、彼は私がレスリーとうまくいっていると思い、このまま帰ってしまうかもしれない。愛らしいドレスに包まれた胸いっぱいに不安が広がった。

「先生がたの休憩室はどうだい？」

「そうだわ、デント、ありがとう！」エスメラルダは声をあげるとロビーを横切り、廊下を駆け抜けていった。顧問医専用の休憩室まで来ると、ノックもせずにドアを開けた。

薄暗い広い部屋の奥に一つだけ明かりがともり、そばの安楽椅子にティーモが座っていた。

不安は一瞬にして消え去り、安堵《あんど》感がこみあげた。

「ティーモ！」エスメラルダはいらだったように呼びかけた。「足が痛くてたまらないわ」靴を脱ぎ捨て、絨毯《じゅうたん》の上を裸足《はだし》で走った。

明かりに照らされた彼の顔には笑みが浮かんでいる。「やあ、エスメラルダ。来てくれたんだね」

エスメラルダはどうしたらいいかわからず、ティーモの顔を見つめた。「なんだか疲れていらっしゃるみたい」

「君を待つのは、けっこう疲れるんだよ」

もう一歩ティーモに近づいた。すべてのことが頭の中でまとまりはじめていた。「ティーモ、私ったら、どうして今まで気づかなかったのかしら。レスリーなんかじゃなかった、あなただったのに。気づいていたのなら、どうして言ってくれなかったの？」彼は無言のまま、グレーの瞳でじっとエスメラルダを見つめている。「レスリーと踊っていたら、むしょうに耐えられなくなってしまったの。あなたが腹を立てて私を置いて帰っても、しかたのないことだと思うけど……」

ティーモは笑いながら立ちあがり、彼女を抱き寄せた。「そんなことはしないよ。僕のかわいい人。帰るときは二人一緒だ」

ティーモの腕に力がこもり、繊細なシルク地がしわくちゃになった。エスメラルダはそんなことはいっさい気にならなかった。彼を見あげ、何度も繰り返しキスを受けた。なんとか呼吸を取り戻したところで尋ねた。「ティーモ、あなたが結婚するつもりだという人は……」

「君に決まっているじゃないか」

「だけど……」再びキスをされて、言葉がとぎれた。

「こうするよりほかなかった。そうでないと、君の心が定まらないだろう？　君自身に気づいてもらうしかなかったんだ」

エスメラルダの目に涙が光った。「なぜ気づかなかったのかしら。あなたといるときはとても幸せで、いなくなるととたんに寂しかったのに。それなのに、レスリーと再会して彼の驚く顔が見たいなんてことばかり考えて……」

ティーモはほほえんだ。「気づいたんだから、もういいじゃないか」

「そうね」エスメラルダは爪先立って彼にキスをした。「それにしても、あなたはどうして私のことが好きなのかしら？」

「それについて話す時間はたっぷりあるが、その前に……僕と結婚してくれるかい？」

エスメラルダは満ち足りたため息をついた。「ああ、ティーモ、もちろんよ。それ以外にどうしろっていうの？」そう言うと、笑顔で彼を見あげた。

「じゃあ、ちゃんと話して。私のどこが好きなの？」

ハーレクイン®

エスメラルダの初恋
2012年12月5日発行

著　　者	ベティ・ニールズ
訳　　者	片山真紀（かたやま　まき）
発 行 人	立山昭彦
発 行 所	株式会社ハーレクイン 東京都千代田区外神田 3-16-8 電話 03-5295-8091（営業） 0570-008091（読者ｻｰﾋﾞｽ係）
印刷・製本	大日本印刷株式会社 東京都新宿区市谷加賀町 1-1-1
編集協力	株式会社風日舎

造本には十分注意しておりますが、乱丁（ページ順序の間違い）・落丁（本文の一部抜け落ち）がありました場合は、お取り替えいたします。ご面倒ですが、購入された書店名を明記の上、小社読者サービス係宛ご送付ください。送料小社負担にてお取り替えいたします。ただし、古書店で購入されたものについてはお取り替えできません。
®とTMがついているものはハーレクイン社の登録商標です。

この書籍の本文は環境対応型の植物油インクを使用して印刷しています。

VEGETABLE OIL INK

ISBN978-4-596-22254-1 C0297

12月5日の新刊　好評発売中！

愛の激しさを知る　ハーレクイン・ロマンス

雪降る夜の二人	マギー・コックス／漆原　麗 訳	R-2799
愛人を演じて（予期せぬプロポーズIII）	リン・グレアム／松尾当子 訳	R-2800
二百万ドルの情事（スキャンダラスな姉妹 I）	メラニー・ミルバーン／水月　遙 訳	R-2801
恋はオフィスの外で	キャシー・ウィリアムズ／竹内さくら 訳	R-2802
夜だけの情熱	メイシー・イエーツ／すなみ　翔 訳	R-2803

ピュアな思いに満たされる　ハーレクイン・イマージュ

恋降る季節		I-2253
クリスマスツリーに願いを	スーザン・メイアー／北園えりか 訳	
愛は宿り木の下で	バーバラ・ウォレス／北園えりか 訳	
エスメラルダの初恋	ベティ・ニールズ／片山真紀 訳	I-2254

この情熱は止められない！　ハーレクイン・ディザイア

憎いのに恋しくて（誘惑された花嫁II）	マヤ・バンクス／藤峰みちか 訳	D-1541
突然、花嫁に（狂熱の恋人たち I）	キャシー・ディノスキー／野木京子 訳	D-1542

もっと読みたい“ハーレクイン”　ハーレクイン・セレクト

悪魔のようなあなた	シャーロット・ラム／永幡みちこ 訳	K-111
愛すれど君は遠く	シャロン・サラ／葉山　笹 訳	K-112
恋するクリスマス	ジェシカ・スティール／水間　朋 訳	K-113
至福への招待状（大活字版）	アニー・ウエスト／小泉まや 訳	K-114

華やかなりし時代へ誘う　ハーレクイン・ヒストリカル・スペシャル

憂鬱なシンデレラ	エリザベス・ロールズ／高山　恵 訳	PHS-52
華麗なる密航（リージェンシー・ブライドV）	メグ・アレクサンダー／飯原裕美 訳	PHS-53

ハーレクイン文庫　文庫コーナーでお求めください　12月1日発売

最後の子爵	デボラ・シモンズ／すなみ　翔 訳	HQB-482
熱い罠	リン・グレアム／沢　梢枝 訳	HQB-483
レディになる日	ヘレン・R・マイヤーズ／牧原由季 訳	HQB-484
愛される価値	ペニー・ジョーダン／麻生　恵 訳	HQB-485
クリスマスの受難	キャロル・モーティマー／竹本祐子 訳	HQB-486
永遠の初恋	ローリー・フォスター／片山真紀 訳	HQB-487

12月20日の新刊発売日12月14日

※地域および流通の都合により変更になる場合があります。

愛の激しさを知る　ハーレクイン・ロマンス

結ばれた悲しみ	キャサリン・ジョージ／高木今日子 訳	R-2804
シークと別れる四十日間	リン・レイ・ハリス／森島小百合 訳	R-2805
屈辱のプリンセス	ジェニー・ルーカス／加納三由季 訳	R-2806
完璧なクリスマス	キャロル・モーティマー／寺尾なつ子 訳	R-2807
純愛の城	ペニー・ジョーダン／霜月　桂 訳	R-2808

ピュアな思いに満たされる　ハーレクイン・イマージュ

七年目のプロポーズ（ナニーの恋日記Ⅱ）	バーバラ・マクマーン／宇丹貴代実 訳	I-2255
カリブの城に囚われて	ヴァイオレット・ウィンズピア／山口西夏 訳	I-2256

この情熱は止められない！　ハーレクイン・ディザイア

砂漠の一夜を胸に	オリヴィア・ゲイツ／富永佐知子 訳	D-1543
待ち焦がれた誘惑（恋する億万長者Ⅵ）	キャサリン・マン／大田朋子 訳	D-1544

もっと読みたい“ハーレクイン”　ハーレクイン・セレクト

シークのたわむれ	リン・グレアム／原　淳子 訳	K-115
スペインの恋人	キム・ローレンス／村山汎子 訳	K-116
期限つきの花嫁（愛の遺産Ⅲ）	レベッカ・ウインターズ／真咲理央 訳	K-117

永遠のハッピーエンド・ロマンス　コミック

- ・ハーレクインコミックス（描きおろし） 毎月1日発売
- ・ハーレクインコミックス・キララ 毎月11日発売
- ・ハーレクインオリジナル 毎月11日発売
- ・ハーレクイン 毎月6日・21日発売
- ・ハーレクインdarling 毎月24日発売

ハーレクイン・プレミアム・クラブのご案内

「ハーレクイン・プレミアム・クラブ」は愛読者の皆さまのためのファンクラブです。
■小説の情報満載の会報が毎月お手元に届く！　■オリジナル・グッズがもらえる！
■ティーパーティなど楽しいメンバー企画に参加できる！
詳しくはWEBで！　www.harlequin.co.jp/

追悼

ペニー・ジョーダンが2011年10月に書き上げた遺作!

傲慢なイタリア人公爵のシーザーに人生を狂わされてから10年。ルイーズは祖父母の遺志をかなえるため、嫌でもシチリアの彼を訪ねなければならなかった。

『純愛の城』

●ロマンス
R-2808
12月20日発売

2012年上半期ベスト作品コンテスト
第1位獲得のジェニー・ルーカス

誰もいないオフィスにいたリリーは、会社のCEOからパートナーとして舞踏会に出席するように言われる。その夜ふたりは愛し合うが、彼に突然会えなくなり…。

『屈辱のプリンセス』

●ロマンス
R-2806
12月20日発売

ヴァイオレット・ウィンズピア
1966年に描いたお宝作品を初邦訳

両親を亡くし身を寄せていた伯父の農園で暴動に巻き込まれたヴァネッサ。伯父の友人でカリブの島の城主ラファエルに救出され、彼の島で暮らすことに。

『カリブの城に囚われて』

●イマージュ
I-2256
12月20日発売

作家競作6部作〈恋する億万長者〉最終話!

サラを残して町を出た元恋人レイフは、14年ぶりに故郷に戻ってきた。帰郷後も無視し続ける彼にサラは苛立つが、自宅に招待し食事をすることに…。

キャサリン・マン作
『待ち焦がれた誘惑』

●ディザイア
D-1544
12月20日発売

超人気作家ダイアナ・パーマー
新シリーズ〈ワイオミングの風〉スタート!

お願い、信じて!　私は玉の輿狙いの悪女なんかじゃない。〈テキサス探偵物語〉の面々も登場

『裏切られた初恋』

●プレゼンツ スペシャル
PS-72
12月20日発売

冬に輝く★ベテラン作家たちの初期作品復刻!
ベティ・ニールズにこんなストーリーがあったなんて!?

幼なじみのふたりが恋人のふり?

『ばらとシャンペン』(初版:R-378)

●プレゼンツ 作家シリーズ別冊
PB-125
12月20日発売